Portrete clasice ale literaturii universale gay

Robert Joseph Greene

Traducerea din limba engleză
Costin Petrescu

ICON EMPIRE PRESS

Toronto, Vancouver, New York, London

Titlul original: The Gay Icon Classics Of The World

ISBN: 978-1-927124-36-9

Publicat de către editura:

Icon Empire Press
552 Church Street #75
Toronto, ON
M4Y 2E3
CANADA

Mulţumiri:

Doresc să mulţumesc următoarelor persoane: Camilla Greene, Thomas Greene, Kelli-Anne, Caleb Greene, Stanley Bennett Clay, Catherine Adamson, Robert Windisman, Bonnie Yiu, Bobby Nijjar, Dan Mohan, John Weger, Stephanie Yuen, Mairi Welman, Brad Harrah, Tim Tewsley, Derek Hewlett, Dan Di Luigi, Karol Sienkiewicz,, Genevieve Iacovino, Alexander Hopkins, C. Wood, Ben Besler pentru sprijinul acordat în publicarea acestei cărti.

Coperta:

„Extazul Sfântului Francisc" (ulei pe pânză), Carravagio, (1571 - 1610) / Muzeul de artă Wadsworth Atheneum din Hartford, Connecticut, SUA.

Prefață

De mii de ani, istoria ne-a furat identitatea. De teama morții, homosexualitatea era un secret pentru multi bărbați. Multe din aceste mărturii sunt direct influențate de cultura țărilor de origine sau sunt doar istorisiri pe care le-am transformat în povești.

Un exemplu perfect de modificare a unei astfel de istorisiri în poveste vine din timpul facultății. Frecventam cursurile de vară ale Universității din California în Los Angeles și am întâlnit o fată din Coasta de Fildeș. Spunându-i că sunt homosexual, mi-a mărturisit că nu întânise până atunci un homosexual. Am întrebat-o dacă auzise ceva despre dragostea gay; mi-a răspuns că auzise cândva o veche poveste tribală despre doi adolescenţi care au fost alungaţi din satul natal urmare a unui sărut în public. Istorisirea a fost transmisă din generaţie în generaţie prin viu-grai. Din păcate nu-şi amintea foarte multe detalii, bunica ei fiind cea care-i relatase povestea în copilărie. Această informaţie stă la baza creări istorisirii *„ Cântecul şi veşmântul întinat"*.

Poveştile cu caracter homofobic, prezente în diferite culturi, au fost mereu pe primul plan în cercetările mele literare. Sper că prin aducerea unor dovezi că homosexualitatea a existat şi în cultura ţărilor de provenienţă a poveştilor, oamenii vor înţelege că dragostea este un adevăr universal care nu se reduce numai la relaţiile heterosexuale.

Naraţiunile selecţionate în această carte (o mică parte dintr-o mare colecţie) pun accentul mai degrabă pe ideea de dragoste şi înţelegere decât pe dorinţa trupească. Într-un interviu acordat publicaţiei Watermark (Florida, SUA) am declarat că majoritatea naraţiunilor sunt alegorii menite să ofere importanţă şi înţelegere homosexualilor, să descrie relaţiile umane între bărbaţi şi să arate cititorilor că aspectele spirituale şi mentale ale iubirii sunt mai presus decât sexul şi pofta trupească.

Uneori, cred ca romanticii sunt pentru homosexuali ceea ce creştinii erau pe vremuri pentru imperiul roman: un ospăţ pentru lei.

Odată recunoscut de către CAMP Rehoboth[1] şi comunităţile partenere, am ştiut că această carte a fost îndelung aşteptată. Fiind un scriitor romantic, revista lor lunară a publicat una din poveştile mele de ziua sfântului Valentin în secţiunea „Scrisori din CAMP Rohoboth". M-am simţit onorat când au solicitat achiziţionarea drepturilor de publicare

---

[1] ONG menit să dezvolte un mediu propice comunităţii gay din Rehoboth Beach, Delaware, SUA

ale unei naraţiuni ce nu văzuse încă lumina tiparului.

După mulţi ani în care am adunat aceste texte vă prezint cu multă mândrie volumul *Portrete clasice ale literaturii universale gay*.

Robert Joseph Greene

Călătoria şi pietrele preţioase - Arabia Saudită

Publicată iniţial în „Scrisori din CAMP Rohoboth", Februarie 2006

În zilele în care Europa păşea în evul mediu timpuriu, iar Orientul Mijlociu era în plină expansiune, trăia un tânăr prinţ arab pe nume Asfar. Prinţul Asfar era un copil vesel, iar ca prieten de joacă îl avea pe tânărul său servitor, Ahmed. Anii treceau, prinţul se maturiza şi ataşamentul pentru supusul său servitor creştea. Afecţiunea dintre tânărul prinţ şi servitorul său a fost uşor de remarcat în incinta palatului. Nu a trecut mult iar oficialii palatului au considerat că această atracţie devenea de neîngăduit. Zvonurile cu privire la acestă relaţie interzisă au ajuns la urechile regelui care a dezaprobat-o şi în secret, la izgonit pe Ahmed din regat. Temându-se de moarte, Ahmed împreună cu familia sa au fugit din deşertul arabic într-o noapte rece de iarnă. Tânărului prinţ nu i-au fost comunicate nici motivele plecării fulgerătoare a servitorului său şi nici indignarea regelui.

În scurt timp tânărul prinţ a ajuns la vârsta maturităţii. Pe măsură ce înainta în vârstă, la fel şi sentimentele lui interzise deveneau tot mai puternice. Prinţul Asfar ţinea secretă această atracţie, deoarece legile Coranului interzic astfel de sentimente între bărbaţi. Inima prinţului era pustie; îi era dor de Ahmed. Tatăl prinţului, dornic să-i predea tronul cât mai repede, l-a supus la un şir de exerciţii fizice intense, lecţii de vânătoare şi studii academice. În timpul unui turneu de vânătoare, prinţul a capturat cu o singură mână un şarpe veninos şi a fost premiat cu cea mai mare disctincţie pentru curajul şi abilităţile sale. Fiind atât de mândru de curajosul şi puternicul său fiu, regele i-a oferit în dar un palat. „*În acest palat îţi vei întemeia haremul*” spuse regele fiului său. În semn de respect şi de mulţumire, prinţul se plecă până la pământ în faţa regelui, cât să poată ascunde lacrimile ce curgeau şuvoaie. Prinţul presimţea că acest harem nu-i va alunga singurătatea.

Într-o bună zi, ne mai suportând aceasta suferinţă, tânărul prinţ Asfar decide să se confeseze unui bătrân înţelept ce călătorise de-a lungul vieţii prin multe regate şi fusese alături de multe capete încoronate, dezvăluindu-i astfel atracţia pe care o avea pentru servitorul său din copilărie, Ahmed. Realizând că tânărul prinţ vorbea despre dragoste, iar cum dragostea nu are limite, bătrânul îi mărturisi că întâlnise un alt pricipe dintr-un alt regat care-i vorbise de acelaşi tip de dragoste. Acest principe trăia într-un regat îndepărtat pe malul mării, dincolo de un lanţ muntos, tocmai de cealaltă parte a deşertului.

Dorind atât de mult să-l întâlnească pe acest principe, prinţul Asfar a vândut în mare grabă toate bunurile de valoare pe care le deţinea, inclusiv noul său palat, ca să poată achiziţiona provizii pentru lunga sa călătorie ce urma să o facă. De asemenea, el a cumpărat trei din cele mai fine nestemate ale Arabiei: un smarald, un diamant şi un rubin. *„Aceste pietre preţioase, vor fi dovada mea de dragoste pentru acest principe din depărtare"* îşi spuse prinţul Asfar.

Într-un oraş vecin palatului regal, la numai o zi de mers, se găsea o caravană ce străbătea deşertul. Prinţul Asfar părăsi palatul cu dorinţa de a se alătura acestei caravane. Trei ore de mers îi mai rămăseseră prinţului pentru a întâlni caravana, când descoperi, căzută în deşert, o femeie bătrână grav bolnavă. Bătrâna realiză că omul care trecea pe lângă ea era bravul prinț al Arabiei şi de îndată cu ultimile ei puteri îi strigă în ajutor. *„Ajutați-mă, alteță! Toată viața am fost loială tatălui dumneavoastră şi regatului său"*. La spusele femeii, prinţul cumpănea; fie să o ajute de îndată, fie să-i trimită în ajutor pe cineva din oraş. Ştia că dacă ar rămâne să o ajute ar pierde caravana, dar în acelaşi timp ştia că dacă i-ar fi trimis pe cineva din oraş în ajutor, ar dura prea mult timp şi femeia ar putea pieri. Fiind milos, el coborî de pe cămilă să o ajute şi o duse la primul doctor, la marginea oraşului. Însă doctorul fiind prea ocupat, nu avea timp de vârstnica suferindă. *„Lăsați-o să moară, este doar o țărancă, nu are bani să-mi plătească tratamentul!"* spuse doctorul în grabă. Fără nicio ezitare, Prinţul scoase din buzunar un rubin şi-l oferi doctorului în schimbul îngrijirii femeii. Numaidecât doctorul luă rubinul şi începu să o ajute pe femeia bolnavă. Prinţul Asfar a rămas alături de săteancă până la vindecare, pierzând astfel caravana. Odată vindecată, în semn de mulţumire, bătrâna-i dezvălui prinţului, care-i povestise anterior scopul călătoriei, o cale mult uşoară de a traversa deşertul.

Norocul a fost de partea prinţului. Dacă nu s-ar fi oprit să o ajute pe bătrâna muribundă şi ar fi continuat călătoria, ar fi murit în deşert împreună cu toţi membrii caravanei într-o puternică furtună de nisip. Calea indicată prinţului Asfar de către femeia vârstnica era mult mai dificilă decât drumul ales iniţial; cu toate acestea prinţul a călătorit zi şi noapte cu foarte putină odihnă. Alăturându-se unei alte caravane, după trei luni de zile prinţul a ajuns în regatul ce se afla de cealaltă parte a deşertului, după un lanţ muntos, pe malul mării.

Depăşind zona majestuoaselor porţi şi păşind pe teritoriul regatului, prinţul văzu un paznic bătând şi trăgând spre spânzurătoare un flăcău sărac. Uitându-se cu atenţie, el realiză că flăcăul era fostul său servitor din copilărie, Ahmed. Îl opri îndată pe străjer şi-i ceru explicaţii pentru o astfel de pedeapsă. Străjerul răspunse că Ahmed este un tâlhar şi că trebuie să fie spânzurat. Prinţul Asfar îl întreabă pe înspăimântatul acuzat, dacă încriminarea este adevărată. Ahmed se destăinui prinţului mărturisind că acuzaţiile sunt false, iar paznicul recurge la această metodă deoarece este un amant gelos. Uitându-se bine în ochii lui, prinţul realiză că ceea ce spune Ahmed este adevărat şi poruncii străjerului ca Ahmed să fie eliberat. Străjerul refuză să-l elibereze însă; atunci, prinţul Asfar scoase din buzunar un smarald în schimbul eliberării lui Ahmed. Paznicul luă cu lăcomie smaraldul şi-l trânti pe Ahmed la picioarle prinţului. Ahmed, plin de recunoştinţă, îşi făgădui, încă o dată, viaţa prinţului.

Extenuat după lunga sa călătorie, prinţul căzu grav bolnav. Cu siguranţă ar fi murit dacă nu ar fi avut lângă el pe fidelul său servitor, Ahmed. În timp ce Ahmed îl îngrijea, prinţul Asfar îi povestii isprăvile lor din copilările şi momentele plăcute petrecute împreună. Ahmed era mereu vesel, spunându-i prinţului glume, chiar dacă acesta era prea slăbit şi nu reuşea nici măcar să se ridice din pat.

Au trecut multe luni până când prinţul Asfar s-a însănătoşit şi a căpătat suficientă forţă pentru a se prezenta în faţa principelui străin. Acest principe era mult mai frumos decât şi-ar fi putut imagina vreodată prinţul. Întâlnindu-l, prinţul Asfar îi destăinui scopul călătoriei sale. Plin de orgoliu, mândrul pricipe ascultă declaraţia de dragoste a prinţului şi dorinţa acestuia de a fi împreună pentru tot restul vieţii. „*Te primesc cu bucurie în braţele mele*" spuse principele, „*Vei fi cel de-al o sutălea bărbat al haremului meu; te voi vizita la fiecare o sută de zile şi vom dormi împreună la fiecare o sută de nopţi*". Auzind vanitatea principelui, prinţul Asfar părăsi palatul în cel mai scurt timp. Văzându-l trist, înlăcrimat şi singur la portile regatului, Ahmed se înclină să-l consoleze. Realizând ceea ce tocmai se întâmplase, prinţul Asfar îl îmbrăţişă pe Ahmed şi-i mărturisi: „*Ţie Ahmed, îţi voi făgădui dragostea mea; aşa cum tu mi-ai servit şi mi-ai fost alături, la fel şi eu îţi voi fi devotat pentru tot restul vieţii*". Spunând acestea, prinţul caută în buzunarul său ultima piatră preţioasă pe care i-o oferi în dar lui Ahmed, un diamant.

Şi Cupidon a iubit - Imperiul Roman

În acele vremuri, în primii ani de tinereţe ai lui Cupidon, cu mult înainte ca destinul să-i fie pecetluit, cuvântul „*iubire*" nu exista încă în lume. Dragostea fizică era privită ca un simplu act de procreere ce nu implica niciun fel de plăcere emoţională.

Timpul trecea, iar tânărul Cupidon, aflat deja la vârsta adolescenţei, îşi schimba înfăţişarea, fizicul său devenind aidoma celui al zeilor. Cât de sublim arăta Cupidon cu aripile imaculate ataşate fizicului său tonificat! Mulţi zei şi zeiţe s-au îndrăgostit de el, însă Cupidon nu era interesat de dragostea lor.

Contemplând lumea oamenilor, Cupidon suspina deoarece ştia că dragostea lui se găseste undeva, acolo. Adeseori se întreba ce anume își dorește, până când într-o bună zi își descoperi soarta.

Astfel, Cupidon întâlni un tânăr flăcău, muncitor la o fermă, la fel de melancolic ca și el, pe nume „Dor". Cumpărat de către un propietar nemilos pentru câtateva piese de aur de la o familie săracă de fermieri, băiatul avea în sarcină treburile gospodărești ale stăpânului. Plecarea lui din familie a provocat o suferință putenică surorilor lui.

Într-una din nopți, pe când toată lumea dormea, Dor se ruga cerurilor ca într-o bună zi să nu mai fie atât de singur. Străbătând cerurile înstelate, Cupidon auzi suspinele și rugămințile lui Dor. Chiar dacă zeilor le era interzis, Cupidon dorea din adâncul sufletului să fie lângă acest tânăr muritor. Prin urmare el născoci de îndată un plan deghizându-se într-un mire în noaptea nunţii, pentru a-l putea vizita.

Luându-şi mantaua, Cupidon a îmbibat-o în lavandă şi tămâie, iar apoi s-a îndreptat spre pământ pentru a-şi mărturisi dragostea faţă de muritorul Dor. Apărând lângă patul lui Dor, acesta vrăjit fiind de mireasma mantiei, cu ochii închişi îl cheamă spre el prin-un singur gest. Deghizat fiind, Dor nu văzu faţa acestui străin. Atâta plăcere i-a oferit Cupidon lui Dor, încât sufletul său prindea aripi. Prin urmare, Dor era vizitat în fiecare seară de către acest zeu blajin înmiresmat a cărui identitate era ascunsă.

În fiecare dimineaţă, înainte de a se crăpa de ziuă, Cupidon părăsea patul iubitului său de teamă să nu fie observat de alţi muritori. Dor, simţindu-se cum nu s-a mai simţit vreodată, îl întreabă pe iubitul său secrect, ce este acest sentiment minunat care există între ei, cum se numeşte el. Cupidon îi răspunse „*Este iubire*".

Încântat fiind de acest sentiment ce nutrea în sufletul său, Dor împărtăşea bucuria sa cu toţi cunoscuţii. Cu toate acestea, când era întrebat care este numele iubitului său, acesta nu putea da un răspuns. Când surorile lui Dor au auzit de acest sentiment numit „*iubire*", au devenit geloase. Vrând cu ardoare să ştie cum arată acest dătător de „*iubire*", l-au convins pe Dor să-l tragă pe sfoară pe misteriosul său vizitator.

În următoarea noapte, înainte de a-l invita în pat pe Cupidon, Dor îi oferi acestuia un pahar de vin ce conţinea seminţe de sumac, menite să-l adoarmă. Întinşi pe pat, nu după mult timp, Cupidon adormi. Când Dor fu sigur că iubitul său adormise, aprinse o lampă cu ulei, ridică masca ce-i ascundea faţa şi descoperi figura frumosului său iubit. Lumina lămpii dezvălui formele unui zeu chipeş cu pielea catifelată şi translucidă purtând aripi mari albe. Sub aceste aripi se găsea un arc şi tolba cu săgeţile aurite.

Curios fiind să descopere mai multe despre iubitul său, Dor încercă să-i atingă aripile, dar în treacăt îşi scrijeli pielea în vârfurile ascuţite ale săgeţilor. Zgâriat şi plin de sânge, Dor se îndepărtă rapid de lângă săgeţile însângerate, răsturnând lampa cu ulei. Uleiul încins atinse braţul înaripat al lui Cupidon, trezindu-l şi făcându-l să urle în agonie.

Strigătele de durere ale lui Cupidon au alertat localnicii care au venit cu repeziciune să-l vadă. Rănit fiind, şi-a luat arcul şi a început să se lupte trăgând cu săgeţi în mulţimea ce se adunase de jur împrejurul său. Durerea provocată de străpungerea săgeţilor lui Cupidon, era atât de puternică încât nu se putea compara cu nici o altă durere cunoscută de omenire până atunci. Cu toate acestea, nimeni nu a murit urmare a rănilor provocate de săgeţile lui Cupidon; însă sentimente de iubire şi de dorinţă începeau să se dezvolte în inimile pământenilor.

Această atracţie reciprocă între Cupidon şi Dor a fost prima îmbrăţisare între zei şi oameni.

Cupidon şi Dor au fost judecaţi în acelaşi fel de către lumile lor pentru păcatul comis. Ca pedeapsă, Dor a fost obligat să rămână cu Cupidon în ceruri pentru eternitate. Însă Dor va rămâne de-a pururi muritor, iar Cupidon va continua lupta sa pe pământ pentru vecie, împărţind marea lui dragoste, dorinţa, cu o unică săgeată.

Din dragoste pentru Haakon - Suedia

Nu intenţiona să-l ucidă. Este ceva ce se poate întâmpla numai adevăraţilor îndrăgostiţi. *„Ar trebui să fiu învinovăţit"* îşi spunea Haakon în timp ce lacrimile îi curgeau şuvoaie. El nu mai plânsese până atunci. Era un sentiment minunat.

Totul a început când Haakon a adresat întrebarea simplă *„Ce este iubirea?"* la care voia să primească răspuns. Haakon ştia că prinţul are acest tip de sentimente, dar nu înţelegea cum sunt. *„Este ceva ce simţi din inimă"* îi răspunse prinţul lui Haakon. *„Îmi cutremură trupul când mă gândesc la tine, Haakon"*.

Haakon întinse mâna şi spuse *„Lasă-mă s-o văd. Arată-mi dragostea"*.

Când prinţul a răspuns că nu poate să-i arate iubirea, Haakon a izbucnit în râs şi a devenit din ce în ce mai curios să descopere aceste sentimente omeneşti. *„Poate o voi găsi în inima ta"* spuse Haakon în timp ce-i întinse din nou mâna prinţului.

Să fie dragostea aşa de oarbă? Atât de îndrăgostit era prinţul şi cu atâta ardoare dorea să-i arate lui Haakon ceea ce este iubirea, încât îşi sfâşie pieptul şi scoase de sub coaste sursa propriei sale vieţi: inima.

Haakon luă cu foarte multă curiozitate acest obiect roşu ce pulsa încontinuu. Îndepărtându-se de prinţ şi apropiindu-se de lumină, el observă diferitele camere ce compun inima. De pe mâinile lui, sângele se scurgea pe podea picătură cu picătură, însă el nu observă nimic. În partea de sus a inimii, camere vascularizate într-un roşu puternic susțineau o coroană gălbuie. Tăie încet de jos în sus, până la coroana gălbuie, pentru a examina cele patru camere, acum golite de sânge.

Spre surprinderea sa, el descoperi o ființă înaripată minusculă și angelică purtând un arc cu o tolbă fără arcuri. Epuizat și muribund micul înger îl privi pe Haakon cu ochii săi cristalini.

„Unde-ți sunt arcurile? Le-ai pierdut în luptă? Nu văd nici o rană!" îl întrebă Haakon. Cu o ultimă suflare îngerul îi șopti, atât de încet încat Haakon trebui să se apropie de el, *„Uită-te în jos, sub tine".*

Aruncând o privire spre podea, el observă căzute de jur împrejurul său, minuscule arcuri aurite cu capete în formă de inimă.

Îngrozit el realiză cine era acest înger și ceea ce se întâmplase. Fiind imposibil să-i penetreze sufletul înghețat şi să ajungă la inimă, săgeţile căzuseră pe podea la picioarele lui. Conştientizând că este vorba de zeul Cupidon, îl privi cu atenţie. Acum era deja prea târziu, Cupidon murise.

„O, prinţul meu, ai văzut asta?" spuse Haakon în timp ce se îndrepta către prinţul său îndrăgostit, care din păcate era şi el mort. Nesăbuitul Haakon nu ştia că prinţul nu putea să supravieţuiască mult timp fără inimă. Se uită în jur şi observă urme mari de sânge, arucurile aurite ce nu i-au atins inima, un zeu şi un prinţ mort.

Contemplând trupurile neînsufleţite, resimţi o senzaţie de tristeţe şi de suferinţă ce-i străbătu tot corpul. Copleşit de remuşcări, Haakon se întrebă *„Asta este iubirea?"* El nu va şti niciodată răspunsul la această întrebare.

Din păcate în mustrarea de conştiinţă există numai scânteia iubirii numită pierdere. Totuşi, această scânteie, i-a permis lui Haakon să realizeze că a pierdut ceva cu adevărat minunat - nu de la o singură inimă, ci de la două.

Glasul din deşert - Egipt

Publicată iniţial în ediţia de iarnă a revistei

SBC - 2001

Călătoria în patria natală a mamei mele părea că nu va lua sfârşit niciodată. În sezonul secetos, caravana plecă de pe malul Nilului din oraşul egiptean Asyut urmând să se oprească doar pe timpul nopţii. Noaptea mă întrebam de ce fac asta. Locurile în care caravana se oprea erau inconfortabile, infestate cu purici, slab iluminate, iar mâncarea îngrozitoare. Făceam această călătorie pentru a aduce un omagiu familiei mamei mele. Tatăl ei, bunicul pe care nu l-am cunoscut niciodată, murise. Ea fusese singura din cei 13 fraţi şi surori care părăsise satul natal. Casnică fiind, mama mi-a povestit că se trăgea dintr-o familie nobilă a unui trib nomad ce se găseşte astăzi între sud-estul Sudanului şi vestul Etiopiei.

În tinereţe ea se căsătorise cu un egiptean, tatăl meu, care pe vremea aceea era negustor. Acum, el lucrează pentru guvern, iar cu această funcţie vine şi aroganţa. De la colonizatorii britanici adoptase un mod de viaţă şi de gândire occidental. Îi era foarte uşor să se adapteze stilului de viaţă britanic. Era creştin. Niciodată nu i-a permis mamei să vorbească despre cultura şi originile ei. Insolent şi lipsit de orice fel de sentiment, i-a interzis să participe la funerariile tatălui ei.

Sincer să fiu, nimic nu mă atrăgea să fac această călătorie. Când am vizitat-o ultima dată pe mama, lacrimile şi rugăminţile ei m-au făcut să iau decizia de a întreprinde acest voiaj.

Îmi aduc aminte că-i spusesem lui Mahomed că va trebui să plec pentru o lună. Nu mi-a răspuns. Cu trei săptămâni înainte de a pleca, i-am spus din nou, iar el, din nou, nu scoase nici un cuvânt. Nu era un om care să vorbească mult şi asta mă contraria. Ridicându-se din pat, aşa cum făcea în fiecare seară, se duse la baie să se spele, pregătindu-se astfel pentru rugăciune. Îmi amintesc figura sa în semi-întunericul băii. Îşi spălă faţa, mâinile şi picioarele, iar apoi veni în dormitor. Eram furios pe el, eu plăteam toate cheltuielile. Musulmanii îşi aduc mereu cu ei covorul pentru rugăciune. Mă tulbura să-l văd rugându-se în dormitorul meu. Îl priveam din pat cum îngenunchia mereu în aceeaşi direcţie, la fel cum făcea deja de mai mult de 6 luni de când eram împreună. Îi admiram frumuseţea şi eleganţa. Pielea lui maronie avea nuanţe roşiatice, părul era negru cârlionţat, iar buzele cărnoase şi întunecate îţi dădeau impresia că erau pictate. Contrastul era atât de izbitor. Ca şi mine, el era un melanj de culori, culturi şi influenţe africane. Aş fi vrut să spun că semăna cu mine, dar asta ar fi fost o minciună.

Când a terminat rugăciunea s-a întors în baie şi s-a spălat din nou. Revenind în pat am făcut dragoste. În timp ce stăteam întinşi, Mahomed se aplecă şi luă un pergament ce conţinea 25 de poeme scrise de Tarafah[2]. Pergamentul era înnodat cu o panglică roşie ce susţinea o floare dispusă în mijlocul fundei. Îl priveam cu uimire în timp ce citea. Citi poemul al şaselea şi al zecelea. Al zecelea poem m-a făcut să zâmbesc, apoi am râs împreună. Într-un fel era frumos, chiar dacă descria oamenii deşertului cu o oarecare ironie. Acest pergament era primul cadou pe care mi-l făcea; nimic din ce mi-a oferit până atunci nu ar fi putut să confirme faptul că eram mai mult decât

---

[2] Limba Arabă: طرفة بن العبد بن سفيان بن سعد أبو عمرو البكري الوائلي / Alfabet Latin: *Tarafah ibn al-'Abd ibn Sufyān ibn Sa'd Abū 'Amr al-Bakrī al-Wā'ilī*

un simplu prieten. Îmi spuse că era un cadou pentru călătorie, dar ştiam că însemna mult mai mult. Am fost uimit când am realizat că în ultimile şase luni noi am facut dragoste nu doar sex. În toate aceste luni petrecute împreună, Mahomed se simţea ca şi cum ar fi fost acasă, iar eu eram iubitul lui. Ştiam că prin acest cadou vroia să îmi spună că îi va fi dor de mine.

Aseară, în timp ce stăteam întins în cortul plin de purici aşteptând să ajung la destinaţie, mi-am adus aminte de toate acestea, de momentele petrecute împreună. Eram la a treia oprire. Nopţile petrecute alături de Mahomed păreau atât de îndepărtate. Vocea lui era atât de caldă în timp ce îmi citea în limba arabă poemele scrise unul după altul pe pergamentul din piele. Cred că şi-a cheltuit toţi banii cumpărându-mi acest cadou cu care adormeam în fiecare noapte.

Îmi era din ce în ce mai greu să îmi reamintesc vocea lui Mahomed. Soarele fierbinte dogorea peste pasagerii ce se aflau în căruța aglomerată a caravanei ce continua să străbată deşertul de-a lungul Nilului. Animalele domestice se târau alături de stăpânii lor, toţi suferind de căldura soarelui.

Când am ajuns la Nimoli (sudul Sudanului actual), am continuat călătoria cu un păstor ce avea o cămilă disponibilă şi care putea să mă ducă la tabăra clanului Kasrashu.

Clanul Kasrashu era un trib nomad ce străbătea ţinuturile în timpul musonului în căutarea hranei şi a zonelor de păscut. Aceştia erau rudele mamei, oameni cât se poate de simpli, tribali. Când am ajuns în tabăra lor, am realizat că fizic le semănam foarte mult. Erau 76 de membri în clan, bărbaţi, femei şi copii. Aveau 42 de cămile şi 22 de capre.

Pentru a se îmbrăca, foloseau straturi de pânză pe care le legau în feluri diferite.

Păreau prietenoşi, dar asta numai până când le-am vorbit în arabă. Le-am spus că sunt fiul lui Basamat, nepotul lui Majdi. Nimeni nu mi-a răspuns. După multe minute de ezitare, o voce se auzi din mulţime şi se prezentă în arabă. Era Mansour, fratele bunicului meu. L-am întrebat surprins, cum de vorbeşte araba. Mi-a răspuns că era singura limbă în care putea negocia cu comercianţii, iar că limba clanului Kasrashu era Dinka.

În acea seară clanul s-a adunat şi a pregătit un festin în onoarea mea, sărbătorind astfel reîntoarcerea acasă unui membru al familiei ce a rătăcit mulţi ani în pribegie. Cadouri, cântece, mâncare, băutură, totul fiindu-mi prezentat de către bătrâna clanului. Îmbrăţişările pline de dragoste, ceea ce vedeam şi simţeam semăna cu ceea ce mama îmi împărtăşise în copilărie. Îmi era dor de ea, dar o simţeam ca şi cum era acolo, alături de noi. Curând am început să mă simt în largul meu.

În timpul festivităţilor, am remarcat un tânăr ai cărui ochi erau ca două perle negre. Cutezător, el se apropiă de mine şi îmi spuse că era verişorul meu, Kadaru. Să fi văzut vreo asemănare între Mahomed şi Kadaru; să fi fost oare o iluzie?

Zâmbetul şi atenţia lui pentru mine mi s-au dezvăluit atunci când se oferi să mă primească în cortul său pentru a petrece noaptea. În tradiţia tribului, veştmintele purtate în timpul zilei deveneau aşternutul din timpul nopţii. Triburile nomade sunt foarte practice din punctul acesta de vedere. La un moment dat, Kadaru se apropie de mine pentru a mă îmbrăţişa. Trupul meu i-a acceptat avansurile în ciuda mirosului său. Toate neliniştile şi oboseala lungii călătorii s-au transformat într-o întâlnire sexuală plină de compasiune, ce ma făcut aproape euforic. Când totul s-a terminat, Kadaru şi cu mine stăteam întinşi unul lângă altul. L-am mângâiat pe umăr şi pe braţ. Mi-a şoptit într-o arabă stricată că mă iubeşte. Chiar dacă eram euforic şi în acelaşi timp recunoscător lui Kadaru, ştiam că nu realiza semnificaţia cuvintelor spuse. De îndată am schimbat subiectul şi l-am întrebat cum de cunoştea limba arabă. Mi-a răspus că a prins din zbor câteva cuvinte de la negustori. Mi-a recunoscut că avea puţine cunoştinţe lingvistice, dar că şi-ar fi dorit să înveţe mai mult. Nu ştiam dacă era o invitaţie pentru mine. Când încercă să îmi atingă pieptul, descoperi pergamentul ascuns sub veşmintele mele. M-am simţit jenat. Imediat mi-am adus aminte de Mahomed. Kadaru desfăcu pergamentul şi începu să citească cel de-al zecelea poem. Cu o voce răguşită, încerca să descifreze textul. Felul în care citea m-a trezit brusc din senzaţia de euforie. Vocea, tonalitatea şi inflexiunile mă răneau şi îmi provocau multă suferinţă. Nu era vocea lui Mahomed şi asta îmi displăcea foarte mult. Nu textul mă deranja, ci el, acest loc, aceşti oameni. Era o altă voce, iar eu eram departe de tot ceea ce aveam mai de preţ. Îmi lipsea Mahomed.

I-am smuls sulul din mâini în timp ce citea. Respingerea l-a insultat. Kadaru mă lovi cu mânie. M-am trezit aruncat afară din cort cu toate lucrurile mele. Am strâns ce am putut, m-am îmbrăcat şi am început să merg fără să scot nici un cuvânt. Nu mi-am luat rămas bun de la nimeni. Era noapte dar eram sigur că urmam direcţia cea bună şi că mă îndreptam către Nil. Eram foarte furios. Nu ştiu de ce, dar îmi displăcea totul în existența umană. Uram Nubia, Egiptul și toți oamenii pe care îi cunoscusem până atunci.

Am rămas tăcut tot restul călătoriei spre casă. Am găsit o barjă ce traversa Nilul, m-am așezat pe marfa pe care o transporta, iar pe timpul nopții vegheam. Am dormit foarte puțin de-alungul acestei călătorii. Nu voiam nici să mănânc și nici să mă spăl. Beam numai apă, nu mâncam nimic și uneori deliram. Sosirea mea în portul din Asyut nu a fost una bine venită. Din pragul ușii noastre, Mahomed se uită cu groază la felul în care arătam. Cu greu m-a recunoscut. I-am mărturisit tot ce mi se întâmplase în această teribilă călătorie. În ciuda protestelor mele, m-a dezbrăcat, m-a scăldat și m-a pus în pat după ce mi-a dat niște supă. Mahomed părăsi camera cu hainele mele murdare în timp ce îi spuneam că voiam să părăseasc Egiptul. Se întoarse cu pergamentul pe care mi-l oferise în dar și îmi spuse „*Unde te vei duce?*" Răspunsul și vocea lui calmă mi-au schimbat starea de spirit. Am realizat că Mohammad m-a îngrijit încă din momentul în care am intrat în casa noastră, într-un fel în care nu o mai făcuse înainte niciodată. Îl veneram. În arabă i-am mărturisit, *„Mahomed, te iubesc!"* Spunându-i aceasta am leşinat. Am simtit cum îmi pierd cunoştinţa din cauza oboselii. M-am gândit că sunt norocos deoarece eram deja în pat. Mahomed se aşeză lângă mine, dezlegă panglica pergamentului şi începu să-mi citească o poezie. Ironia făcu să-mi citească cel de-al zecelea poem. În timp ce-mi citea, îmi aminteam de vărul meu Kadaru. Mi-am întors ochii către Mahomed. Cuvintele lui se estompau, iar vocea lui mă purta către somnul atât de necesar.

Cântecul şi veşmântul întinat - Coasta de Fildeş

Publicată iniţial în ediţia de toamnă a revistei

SBC - 2000

Tribul Mukasa era cunoscut ca fiind unul dintre cele mai acerbe triburi de vânătoare din toată Africa. Statura bărbaţilor era impresionantă şi depăşea înălţimea medie a bărbaţilor de pe coasta de est a regiunii. Pentru a se deosebi de oamenii de rând, vânătorii din tribul Mukasa purtau veşminte albe ţesute foarte fin. Veşminte albe erau mândria vânătorilor, iar un vânător excelent nu îşi murdărea niciodată veşmântul, nici măcar în timpul vânătorii. Pentru vânătorul tribului Mukasa, pânză albă era un semn de excelenţă. La vârsta de 15 ani toţi băieţii erau supuşi unor teste riguroase de dovedire a bărbăţiei. Cei care le treceau erau admişi la pregătirea pentru vânătoare, aducând astfel onoare familiei sale. Ei guvernau tribul şi furnizau fiecărei familii alimente şi adăpost. Cei care nu deveneau vânători fie erau meseriaşi fie, în funcţie de aptitudini, îndeplineau alte funcţii menite să ajute tribul. Mesagerii erau de cele mai multe ori cei mai rapizi dintre locuitorii tribului şi erau consideraţi ca fiind foarte importanţi, deoarece realizau schimbul de mesaje între grupul de vânători aflat la vânătoare şi oamenii din sat. Cu toate acestea, mesagerilor nu le era permis să vâneze.

Într-un anumit an, 12 băieţi concurau pentru a fi admişi ca vânători. Unul dintre băieţi se numea Ofosu, un flăcău chipeş cu pielea neagră ca abanosul cu trăsături bine conturate. El intră în competiţie împreună cu alţi doi fraţi. Chiar dacă fraţii lui erau mult mai puternici şi mai precişi în mânuirea armelor decât el, Ofosu era convins că va câştiga competiţia. Deşi Ofosu şi fraţii lui erau puternici, ei ştiau că nici unul dintre tinerii concurenţi nu era mai precis şi mai puternic în aruncarea suliţei decât Banatu. Banatu se trăgea dintr-o familie de vânători de seamă a tribului Mukasa şi era de aşteptat ca orice bărbat din această familie să devină într-o bună zi un excelent vânător. Toţi băieţii au câştigat concursul cu excepţia Ofosu.

Ofosu şi fraţii lui se întristară când aflară că nu fuseseră suficient de puternici astfel încât să devină vânători. Însă Ofosu se putea mândri cu cursa de alergare, deoarece în această competiţie el depăşi toţi concurenţii, chiar şi pe Banatu. Deşi nu i-a fost acordat statutul de vânător, el primi de la căpetenia tribului onorabilul titlu de mesager. De îndată el deveni foarte invidiat de către ceilalţi participanţi. Lui Ofosu i-a fost astfel imediat acordată permisiunea de a merge în expediţiile de vânătoare, în timp ce ceilalţi 11 băieţii, au fost forţaţi să stea aproape de sat unde urmau să înveţe tehnicile de vânătoare Mukasa.

Curând, el urcă pe scara ierarhică devenind mesager şef pe distanţe lungi. Reuşea să-şi controleze respiraţia şi să depună un efort minim în timp ce alerga astfel încât putea să reproducă mesajul la destinaţie fără dificultate. Un veşmânt dintr-o pânză albă a fost ţesut special pentru el, făcând astfel tare mândrii atât pe Ofosu cât şi pe întreaga lui familie. *„Ofosu, de acum încolo, vei fi tratat la fel ca şi colegii tăi, vânătorii"* spuse şeful de trib. *„Nu îţi va fi permis să-ţi murdăreşti veşmântul în timp ce alergi"*.

Ofosu avea o metodă secretă de a-şi menţine ritmul de mers pe distanţe lungi şi de aş-i aminti mesajul ce trebuia livrat. El compunea un cântec pentru fiecare mesaj şi-l cânta cu voce tare la fiecare respiraţie. Pentru el era ceva natural, făcea asta în timp ce alerga şi astfel avea impresia că timpul trece mai uşor.

Într-o buna zi, în timp ce Banatu se afla pe câmp, în apropierea satului, la vânătoare de iepuri, auzi în depărtare o voce armonioasă ce părea să se apropie. El se făcu una cu pământul pentru a vedea cine putea scoate un sunet atât de încântător, un sunet care părea că-i atinge inima într-un mod foarte special. Când alergătorul cântăreţ trecu pe lângă el, Banatu rămase surprins să descopere că era Ofosu.

Ofosu ajunse în sat ne ştiind că Banatu îl auzise cântând. Mesajul trimis sătenilor de vânători menţiona capturarea unui bivol de apă în sudul satului şi drept recompensă se va organiza o sărbătoare în cinstea lor în două zile. După transmiterea mesajului, Ofosu se odihni puţin şi apoi bău o gură apă înainte de a se întoarce la grupul de vânători. Banatu observă că atunci când părăsise satul, Ofosu nu mai cânta nici un cântec.

Pe când Ofosu venea înspre sat cu un mesaj din partea grupului de vânători, el fu oprit de către Banatu. Mare i-a fost mirarea lui Ofosu când fu întâmpinat de Banatu; nici prin gând nu-i trecea că cineva l-ar putea auzi, nici chiar bravul Banatu. El credea că omaneni îl vor desconsidera dacă ar auzi cântecele lui. Ofosu privi în jos de ruşine şi de jenă. Banatu îi ceru să continue să cânte. Ofosu consideră puerilă cererea, dar cântă mesajul de teama lui Banatu. El cântă mesajul uitându-se drept în ochii lui Banatu, observându-i misterioasa privire. La sfârşitul cântecului, Banatu îl lăsă să plece spre sat. Odată ajuns, el transmise mesajul şi apoi rămase cu sătenii.

Într-o altă zi, revenid de la grupul de vânătoare, Ofosu fu oprit din nou de către Banatu. De aceasta dată în loc să-i solicite o melodie, el îi cântă cu o voce răguşită o melodie de dragoste ce îi era dedicată. Ruşinat de astfel de declaraţie, Ofosu fugi fără să scoată un cuvânt, lăsându-l devastat pe Banatu. El crezu că ceea ce tocmai făcuse era o prostie şi se simţea vinovat deoarece nutrea astfel de sentimente pentru Ofosu. Pe drumul de întoarcere, Ofosu îl observă pe Banatu privindu-l pe ascunziş din tufărişul nu departe de sat. În loc să se oprească, el îi zâmbi şi-şi continuă mersul cântând cântecul pe care Banatu îl cântase mai devreme. Vocea lui Ofosu făcea ca acest cântec să devină mai frumos şi mai atrăgător. Auzindu-l, sufletul lui Banatu se umplu de bucurie.

La întoarcerea acasă a vânătorilor cu prada mult vestită, Ofosu fugi pentru a-i întampina sperând astfel să-l întâlnească pe Banatu. În tot acest timp el cântă cântecul de dragoste pe care Banatul i-l cântase. Auzind cântecul, meseriaşii satului îl opriră şi se luară de el adresându-i cuvinte de ocară. Banatu se afla nu departe de ei, dar nu scoase nici un cuvânt. Ei îl întrebară pe Ofosu cui îi era dedicat acest cântec, dar acesta nu răspunse. Tăcerea lui îi indignă pe tinerii meseriaşi. De îndată îl prinseră într-o ambuscadă şi-l târâră către balta plină de noroi. Banatu privi înmărmurit încăierarea dar chiar dacă era mai puternic decât toţi, nu reacţionă. De teamă, ca ceilalţi băieţi să nu afle că lui îi era destinat cântecul, nu făcu nici un pas. În timpul învălmăşelii, veşmântul lui Ofosu fu murdărit. Ofosu reuşi să scape, dar din păcate ajunse în sat în acelaşi timp cu vânătorii şi nu avu timp să se cureţe. Şeful tribului îl întrebă cum de a fost posibil să-şi murdărească veşmântul, însă Ofosu ruşinat fiind coborî privirea şi nu mai scoase nici un cuvânt. El fu de îndată adus în faţa căpeteniei vânătorilor. Pentru dezonorarea familiei şi a comunităţii, prin întinarea veşmântului, fu condamnat la o sută de lovituri de bici. Tot tribul se adună în centrul satului pentru a fi martor la această biciuire. Fu adus în faţa lor, gol, fără nici un fel de veşmânt. Umilirea şi ruşinea apăru pe faţa lui Ofosu, dar şi pe faţa altei persoane prezente la această biciuire. Când căpetenia tribului intră în mijlocul cercului purtând biciul, Ofosu se apleacă astfel încât să îşi primească sentinţa, însă din mulţime se auzi un strigăt ce şocă pe toată lumea. Era Banatu, ce se îndreptă către căpetenia tribului. El îi mărturisi că veşmântul fu întinat din cauza lui, dar nu-i dădu mai multe detalii. Apoi, îi explică că el ar fi cel care ar trebui să primească loviturile de bici şi nu Ofosu. Şeful tribului fu foarte surprins de o astfel de turnură, dar acceptă cererea lui Banatu. Banatu îl îndepărtă cu grijă pe Ofosu, orientându-l către mulţimea adunată. El îşi scoase veşmântul ce-l purta şi-l acoperi pe Ofosu. Revenind în centru, şeful tribului începu să-l biciuiască. El nu clinti nici măcar o dată de-alungul celor o sută de lovituri, iar în tot acest timp el cântă cântecul de dragoste pentru Ofosu. Mulţimea adunată fu uluită de această dovadă de dragoste. Ofosu era stupefiat. După ce a o suta lovitură de bici atinse spatele însângerat al lui Banatu, el se ridică, se apropie de Ofosu şi-l luă de mână. Ei părăsiră împreună satul, neîntorcându-se niciodată.

Această poveste a fost transmisă în trib din generaţie în generaţie şi de fiecare dată când vântul suflă foarte puternic, locuitorii tribului Mukasa spun că este vorba de Ofosu ce aleargă după iubitul său. Iar dacă asculţi cu atenţie, vei putea auzi cântecul lor de dragoste.

Cele cinci reverenţe ale ucenicului lui Shackespeare - Marea Britanie

Pe vremuri, la o fermă, trăia un muncitor pe nume Graham. Acest tânăr chipeş, deşi nu avea mulţi bani, era creativ şi mereu pus pe glumă. Se spunea despre el că dacă ar fi fost educat, ar fi putut deveni un om respectat. Dar din păcate el era doar muncitorul Graham. Era scund, un pic crăcănat şi asta îl făcea să aibă un mers clătinat. Capul îi era destul de îngust şi acoperit de smocuri de păr negre ce coborau pe creştet. Zi după zi el purta aceiaşi pantaloni zdrenţuiţi de pânză, aceeaşi cămaşă veche şi murdară, iar totul era strâns în jurul brâului cu un cordon.

În fiecare zi, înainte de răsăritul soarelui, împreună cu tovarăşii de seceriş, străbăteau câmpurile purtând secerile şi legaturile pentru fân.

De asemenea, purtau şi prânzul, fie un măr, fie un cartof fiert. Cu aceleaşi mişcări graţioase strângeau recolta preţioasă de cereale până la amurg, urmând ca apoi să se întoarcă acasă pentru cină. Munca era grea şi obositoare în zilele toride de vară. Pentru ca timpul să treacă mai uşor în timpul secerişului, Graham punea în scenă episoade pline de umor bazate pe problemele de zi cu zi ale muncitorilor de la fermă sau ale servitorilor. El interpreta întotdeauna, cu o precizie extraordinară, rolurile femeilor. Sceneta lui favorită era cea a fecioarei dezmierdate: o povestioară despre un muncitor de la fermă care prin cuvinte mincinoase de dragoste reuşi să-şi bage o mână sau mai bine ambele mâini sub fusta unei fetişcane. Îi plăcea mult această poveste şi talentat fiind îşi transforma vocea într-o voce de femeie. În timp ce juca rolul fecioarei dezmierdate, sunetele pe care le scotea îi făceau pe toți muncitorii să râdă cu lacrimi. Când termină satira, muncitorii aplaudară intens cerându-i o noua reprezentație, însă el făcu cinci reverențe și apoi se întoarse la munca câmpului.

Într-o dimineață în timp ce juca povestea sa preferată, strigătele feminine ale lui Graham au atras atenția proprietarului fermei care se încruntă nemulțumit, că ceilalți muncitori mai degrabă râdeau decât să lucreze. El observă că și alți muncitori de pe tarlalele mai îndepărtate se apropiau pentru a urmări satira lui Graham, asta încetinind și mai mult munca. Gândidu-se să dea un exemplu muncitorilor, el se apropiă pe ascuns de Graham ținând în mână o caravașă. Graham se pregătea să prezinte o nouă scenetă când fermierul se apropiă și ridică biciul pentru a-l lovi. Ceilalți muncitori, văzându-l pe fermier, s-au întors repede la muncă. Graham era atât de concentrat cu pregătirea scenetei că nu auzi sunetul caravașei cel lovi cu putere sfâşiindu-i spatele. Lovitura fu atât de puternică încât îl azvârli într-o baniţă din apropiere, rupându-i cămaşa şi stricându-i uneltele de lucru. *„Blestematule, să dispari de aici!"* urlă fermierul în timp ce ridică braţul pentru a-l lovi încă o dată. Cu lacrimi în ochi, ruşinat şi jenat, Graham fugi mâncând pământul. Se opri numai când nu mai putu să respire şi când consideră că era suficient de departe. Scărpinându-şi spatele lovit, observă că mâna-i era plină de sânge. Infuriat, îşi jură să nu se mai întoarcă în acel loc şi să nu mai lucreze niciodată la munca câmpului. Se îndreptă apoi către râul din apropiere şi se scăldă pentru a-şi calma durerile provocate de rana de pe spate. Luă în mâini apă din râu, şi-o turnă pe spate şi simţi cum durerea i se stinge.

Urmând calea şerpuită a râului Avon, merse până la apusul soarelui, când descoperi oraşul Stratford. În anul 1583, Stratford era un oraş ce bătea monedă, plin de negustori şi de comercianţi de toate tipurile. Râul oferea oraşului acces uşor, transfer rapid de mărfuri cu Londra şi implicit un comerţ cu produse agricole. Asociaţiile în afaceri erau foarte profitabile în această zonă.

Obosit şi flămând, extenuat după tot ceea ce se întâmplase, Graham căuta un adăpost. Nu departe de locul de unde se oprise, văzu un han. Părea a fi un han tipic după cunoştiinţele limitate ale lui Graham. Era o structură simplă cu două etaje de culoare albă, acoperişul din stuf şi cu ferestrele din lemn de mici dimensiuni. Lângă han se găseau grajdurile şi bucătăria. De îndată Graham se gândi să caute resturi de mâncare sau de oase în grămada de gunoi de lângă uşa bucătăriei hanului pentru a-şi hrăni trupul înfometat. Aşa că se urcă în linişte pe mormanul de gunoi pentru a căuta de-ale gurii. În timp ce căuta, auzi paşi care se apropiau cu repeziciune, iar de teamă să nu primească o tigaie în cap se ascunse. Cum nu primi nici o tigaie în cap şi nici o altă lovitură, se ridică încet şi observă în faţa lui cea mai caraghioasă figură pe care o văzuse vreodată. Chipul avea o formă rotundă, ca a unui ceas, obrajii rotunzi şi graşi, iar nasul era mare şi roşu. Mirare şi apoi un zâmbet profund şi sincer apărură pe faţa omului care ieşi din bucătărie. Un zâmbet ce părea că ajungea până la urechi şi asta îl făcu pe Graham să-l asemene cu faţa lunii. Această persoană care-i zâmbea era hangiul gentilom.

„Ai ajuns prea târziu pentru a mai găsi ceva de calitate" spuse hangiul. Obosit şi înfometat, Graham se ridică şi coborî de pe mormanul de gunoi şi resturi de mâncare. Fiindu-i milă de acest străin, hangiul de îndată se întoarse în bucătărie şi-i căută resturi proaspete de mâncare. Graham fu atât de încântat încât imediat îi prezentă o satiră jucând rolul unei femei. Hangiul găsi amuzant să-l

vadă pe Graham interpretând un astfel de rol şi în plină reprezentaţie el începu să râdă în hohote. Râsul nu era unul obişnuit, mai degrabă unul cu o tonalitate gravă, un râs pe care Graham nu îl mai auzise până atunci. Atât de molipsitor fu râsul hangiului încat Graham nu se putu abţine şi începu şi el să râdă. *„Delectează-mă cu talentul tău în timp ce pregătesc aluatul”* spuse hangiul, iar în schimb îi oferi de-ale gurii. Astfel Graham îl urmă în bucătăria ce afla în spatele hanului. În timp ce hangiul pregătea aluatul pe care îl aşeza cu grijă pe masa plină de făină, Graham începu una din scenetele ce întruchipa o tânără fetişcană şi chiar dacă era obosit, pe măsură ce juca el îşi recăpăta forţele. Hangiul, în timp ce amesteca aluatul, îl privea cu atenţie şi zâmbea mereu. Atât de acaparat fu de scenetă încât se opri din lucru. Când Graham scoase un chiot de femeie, hangiul izbucni în râs. Făcându-l să râdă, Graham se opri din reprezentaţie. Bucuria pe care o resimţea Graham văzând că hangiul se delectează cu rolul de fetişcană pe care tocmai i-l prezentase, îl făcu să uite de grijile sale. Reprezentaţia sa a atras rapid atenţia trecătorilor care stăteau în uşa bucătăriei sau pe lângă han. Pe măsură ce satira înainta şi atingea punctul culminant, vuiete de râsete se auzeau de pretutindeni făcându-l astfel pe Graham să tremure de bucurie. La sfârşitul reprezentaţiei, el făcu cinci reverenţe şi le mulţumi tuturor. În timp ce mulţimea aplauda, hangiul îi servi lui Graham o bucată de pâine, o felie de şuncă şi o halbă de bere. El facu din nou cinci reverenţe în semn de recunoştinţă, iar apoi începu să-şi devoreze cu lăcomie hrana, în acelaşi fel în care un leu îşi devorează prada. Pierzând noţiunea timpului, hangiul îl rugă să interpreteze o nouă satiră. Soarele apusese de multă vreme, iar noaptea domnea afară, dar toate acestea treceau neobservate atât pentru Graham cât şi pentru hangiu. În cele din urmă hangiul îşi reluă activitatea de preparare a cinei pentru locuitorii hanului, privind în tot acest timp scenetele lui Graham.

Când hangiul termină munca, îl invită pe Graham să rămână la han, gratuit, peste noapte. *„Ei bine domnişoară, mergi şi caută nişte fân în hambar şi fă-ţi un culcuş să dormi"* spuse hangiul. Graham, înţelegând aluzia la personajul feminin pe care îl jucase, făcu cinci reverenţe şi apoi merse să caute fânul. Când se întoarse, el văzu că hangiul îi pusese la dispoziţie nişte saci pentru a-i transforma în cuverturi şi adormi imediat. În dimineaţa următoare Graham fu trezit de mireasma îmbietoare a pâinii şi a produselor de patiserie din cuptorul hangiului vesel cu faţa rotundă şi grăsună. Văzându-l, Graham îl întâmpină cu un zâmbet. *„Vrei nişte pâine şi nişte* *bere, drăguţa mea?"* îl întrebă hangiul râzând.

"Din păcate nu am nici un ban pentru a vă putea răsplăti bunătatea" răspunse Graham. Hangiul îi puse pe masă două chifle şi o bere fără să scoată nici un cuvânt. Se crăpa de ziuă în timp ce mânca. Graham îl privea pe hangiul ce curăţa cu multă grijă mesele în aşteptarea clienţilor matinali. El termină în grabă micul dejun şi se apropiă de hangiu, făcu cinci reverenţe şi apoi îl ajută să termine mai repede curăţenia şi aranjatul sălii. Văzând cum lucrează, hangiul se apropie de Graham şi fără să se uite în ochii lui, îi spuse *" Ţin acest han de unul singur şi mi-ar plăcea să-mi ţii companie. Vei putea să mă ajuţi să pregătesc hrana pentru oaspeţii localului"*. Imediat faţa lui deveni roşie; nu de ruşine dar plină de speranţă. Graham, ca o mândră fetişcană, răspunse că această soluţie este una temporară, deoarece destinul îl aştepta.

Aranjamentul lor se petrecea de minune şi astfel zilele treceau mai repede. Deseori, Graham asculta bârfele femeilor despere amantele şi doamnele oraşului. Din poveştile lor, el extrăgea informaţia necesară pentru scenetele ce le organiza seara în bucătăria hanului. Având un talent aparte, el prefera să interpreteze numai rolurile personajelor feminine şi asta cu multă eleganţă. El putea să-şi modifice tonul vocii, astfel încât reuşea să reproducă vocea mai multor femei. Pe măsură ce Graham se adapta rolului pe care-l interpreta, transpunerea accentelelor, tonalităţilor şi postura lui făcea ca fiecare satiră să devină mult mai amuzantă decât cele interpretate anterior. Râsul hangiului la fiecare final de reprezentaţie îl motiva pe Graham în dorinţa lui de a continua actul teatral. Erau fericiţi împreună, atât ziua cât şi noaptea. Graham îl tachina pe hangiu pretinzând că ar fi soţia lui. În fiecare noapte, după ultimul act al satirei, Graham făcea cinci reverenţe, în timp ce hangiul aplauda în speranţa de a viziona o noua reprezentaţie. Hangiul ştia că cele cinci reverenţe însemnau sfârşitul programului şi că ei vor trebui să meargă la culcare. Reprezentaţiile private erau întrerupte numai când hangiul sau Graham trebuiau să servească masa.

Într-o dimineaţă, când Graham se trezi, găsi aşezate lânga el un lighean cu apă şi haine noi. Întrebat fiind ce sunt acestea, hangiul răspunse: *„Femeia mea nu va purta niciodată haine vechi şi murdare".* Spunând asta, el începu să râdă în stilul său caracteristic, conferindu-i lui Graham încrederea necesară. Astfel Graham de îndată se spălă, se îmbrăcă cu noile haine şi apoi se întoarse să-l ajute pe hangiu să termine curăţenia de dimineaţă. Ei au continuat să funcţioneze astfel toată iarna.

Într-o seară de primăvară, în timp ce Graham întruchipa o femeie într-o nouă reprezentație, el fu observat de către un bătrân mic de statură. El făcu cunoştinţă cu Graham, iar apoi îi spuse că numele lui este Collins şi că făcea parte din trupa teatrului Old Rose din Stratford. El îi mărturisi că teatrul are nevoie de omaneni talentaţi ca el. Auzind aceasta, Graham radie de bucurie. Collins îl invită pe Graham să-l întâlnească pe marele dramaturg William Shakespeare. El plecă atât de repede cu Collins încât nici nu-şi mai luă rămas bun de la hangiu. La teatru, reprezentaţia sa în faţa lui William Shakespeare fu uluitoare. Cu toate acestea, când i-a fost prezentat un scenariu, Graham nu putu să-l desciferze deoarece nu ştia să citească şi nu înţelegea nimic din jocul scenei. Ne dorind să piardă acest talent înnăscut, Shakespeare a decis să-l angajeze pe Graham ca ucenic, în subordinea lui Collins, pentru turneele organizate de trupa de teatru. Graham evoluă rapid şi curând ajunse să dea reprezentaţii publice în toată Anglia. Graham îşi modifică jocul actoricesc, începu să se machieze şi să poarte rochii pentru personajele sale feminine. Nu după mult timp, reuşi să se adapteze, purtând astfel cu multă eleganţă perucile greoaie şi pantofii cu toc înalt. În scurt timp, admiratorii, colegii, oamenii de teatru şi nobilii căutau să participe la spectacolele lui. Un ropot de aplauze se auzea la fiecare sfârsit de reprezentaţie, iar el încheia mereu cu cele cinci reverenţe. Cu tot talentul actoricesc şi faima teatrului, lui Graham îi lipsea ceva. După reprezentaţie, după aplauze, se simţea singur.

Încet încet trupa de treatru crescu şi se mută la Londra. Două decenii trecură şi fără ca să-şi dea seama, Graham se întoarse în turneu în oraşul de unde totul începuse. Trupa făcu un popas la hanul oraşului înainte de reprezentaţia de la teatrul Old

Rose. Intrând în han, Graham simţi căldură şi un confort emanând dintr-o sursă necunoscută, ca şi cum s-ar fi întors acasă. Trupa de teatru fu întâmpinată de către o femeie bărbătoasă, desculţă, cu părul vâlvoi şi cu şorţul murdar. Cum îi văzu îi pofti să urce la etaj şi să-şi ocupe camerele modeste. Graham se uită de jur împrejur şi imediat se gândi la Stratford. *„Să fie oare...??!!"* îşi spuse în gând. Întrebă barmaniţa dacă nu cumva este hanul din Stratford. Ea confirmă dând din cap fără să scoată nici un cuvânt. *„Dumneavoastră sunteţi nevasta hangiului?"* spuse Graham. *„Hangiul nu are nici o soţie"* răspunse barmaniţa. Aceste cuvinte făcură ca inima lui să bată cu putere şi să resimtă furnicături în tot corpul. El realiză pe loc de ce hangiul îl numea *„drăguţa lui femeie"*. El nu căuta lumea teatrului, ci dragostea veselului hangiu care-i redase încrederea în sine.

Collins, şeful trupei, se apropiă de actori şi le spuse că nu mai era timp de pierdut; spectacolul trebuia pregătit. În timp ce trupa părăsea localul îndreptându-se către teatru, Graham rămase puţin în urmă. El se apropiă de barmaniţă, îi dădu şase penny şi o rugă să-i transmită hangiului un mesaj. *„Spune-i că drăguţa lui femeie îl invită să vină gratis la reprezentaţia din această seară şi întreabă-l dacă în inima lui mai este loc pentru ea?"* Barmaniţa repetă exact hangiului mesajul primit, chiar dacă nu-l înţelesese.

Gândindu-se că dragul său hangiu se afla undeva în public, el prezentă un extraordinar spectacol cum nu mai făcuse niciodată până atunci. La finalul piesei spectatorii se ridicară şi-l ovaţionară. El făcu însă numai patru reverenţe. Întorcându-se către ieşirea de pe scena, el observă în spatele uneia dintre cortine pe barmaniţa hanului. Ea îi repetă întocmai ceea ce hangiul îi transmisese:

„Cu multă sinceritate îţi mărturisesc că sunt foarte bucuros să văd şi să aud că iubita mea femeie a devenit celebră, însă vanitatea mă împiedică să-ţi fiu alături deoarece acum sunt un bătrân neatrăgător."

Auzind astfel de cuvinte, Graham îşi scoase peruca, se aşeză lângă barmaniţă şi începu să plângă. Când se calmă, el văzu că trupa plecase deja la han, iar teatrul rămăsese gol. Îmbrăcat în costumul de scenă el se întoarse la han cu barmaniţa. Tot personalul teatrului adunat în sala de mese a hanului aştepta să le fie servită cina. Barmaniţa servi de îndată bere grupurilor zgomotoase. *„Hangiule, unde-i mâncarea? Vrem să mâncăm!"*

În tot acest timp Graham era felicitat pentru reprezentaţia de excepţie din acea seară, însă el se îndreptă direct către bucătărie. Acolo îl găsi pe bătrânul om vesel ce pregătea, fără interes, cina mult aşteptată. Faţa lui era tristă, însă observându-l pe Graham el zâmbi şi deveni roşu de jenă. Hangiul, care acum îmbătrânise şi îşi pierduse aproape toţi dinţii, îl întrebă în timp ce râdea „*De ce ai vrea să iubeşti un bătrân ca mine?*" Râsul hangiului îi reaminti lui Graham de sentimentul pe care-l simţise în trecut. Graham făcu cea de a cincea reverenţă special pentru hangiul zâmbitor, iar apoi îl îmbrăţişă şi-l sărută cu tandreţe. Hangiul nu-l opri şi încetă să mai audă strigătele care veneau din sala de mese. În acea seară, oaspeţilor nu le-a mai fost servită cina.

Trei dorinţe - Mexic

San Blas este un orăşel care cu greu aduna o mie trei sute de suflete. Teoretic, ar fi putut fi oricare alt oraş, pentru că semăna cu celelalte zeci de oraşe sărăcăcioase din deşertica regiune Sinaloa din Mexic. Patru străzi prăfuite se intersectau în centrul oraşului; în mijloc găsindu-se o imensă fântână pictată construită cu mult timp înainte. Statuia ciobită şi decolorată a „*Ángel de Perdido Amor*" [3] era atât de afectată de timp încât aproape nimeni nu-şi mai amintea ce a reprezentat vreodată îngerul îndoliat cu aripile pliate. În mod misterios, o apă rece şi limpede curgea prin ţevile ruginite de fier într-un bazin de forma unei lagune ce putea oferi apă întregului sat. Orăşenii considerau că această apă era un miracol şi

---

[3] *Îngerul iubirii pierdute (traducere din limba spaniolă)*

dovedea binecuvântarea lui Dumnezeu. Cu toate acestea, o veche poveste transmisă prin viu-grai, dezvăluia cu totul altceva: În urmă cu peste o sută de ani, un colonist abil forase în acest teren uscat și arid până când găsi un izvor subteran, deasupra căruia a construit o fântână ce deveni sursa nesfârșită de apă potabilă pentru satul care ulterior fu numit San Blas. Se zvonea că el și-ar fi așteptat logodnica în această regiune timp de optsprezece ani, dar ea nu veni niciodată. Colonistul a comandat și a instalat această fântână în timp ce-și aștepta logodnica, dar dezamăgit după atâția ani de așteptare, el încetă să mai spere și plecă înspre America de Sud, lăsând în urma lui fântâna ce oferea apă limpede celor însetați. Nu se mai știe nimic despre el și nimeni nu-și mai amintește numele lui.

La sud de fântână se găsește satul Iglesia și biserica San Rita de Cascia (sfânta cauzelor pierdute) ale cărei ziduri din chirpici se coc în lumina soarelui. Pe uşile albe din lemn încă se mai pot distinge urme în formă de cruce. Pui subnutriţi, câini ogârjiţi şi capre murdare hoinăreau între biserică şi centrul oraşului. La nord, vizavi de biserica de peste drum, se afla barul oraşului. Biserica şi barul se găsesc la o distanţă semnificativă una faţă de cealaltă, însă se două ori pe săptămână ele erau unite de standurile ambulante ale fermierilor. Piaţa înghiţea tot centrul, iar de la un capăt la celălat frânghiile susţineau pânzele ce delimitau tarabele ce aprovizionau oraşelul cu carne, legume şi diverse bunuri de uz casnic. La vest, sau în partea dreaptă a fântânii, se găsea sala de şedinţe, locul unde oficialii oraşelului se întâlneau. Sala de şedinţe se împărţea în două când erau organizate cursurile pentru cei patruzeci de elevi din oraş şi din suburbii.

Şcoala este locul unde începe povestea noastră. Juan-Miguel este un atlet de top din această şcoală cu o singură sală de curs. Este de câţiva ani buni căpitanul echipei de fotbal a oraşului. *„Să trăiască Juan-Miguel!"* strigau oamenii cu mândrie pe stradă când îl vedeau. Fiind eroul oraşului, el avea mulţi admiratori, printre care şi timidul Santiago. Juan-Miguel împreună cu coechipierii săi traversau, deseori băuţi, străzile nepavate ale oraşului după un meci victorios. El era mereu în mijlocul suporterilor atunci când se întorcea cu jucătorii din oraşele vecine. Era cel mai înalt şi mai chipeş dintre toţi jucătorii. Orăşenii erau impresionaţi de înălţimea lui şi asta făcea ca ei să-l admire şi mai mult.

Traiul de viaţă al lui Santiago era exact opusul lui Juan-Miguel. Santiago era doar un simplu anonim într-o mulţime de oameni. Inteligent, politicos şi tăcut, aşa l-am putea descrie. De altfel, acest tânăr retras nu a excelat niciodată la nimic cât a fost elev. Dacă ar fi să-i întrebăm pe colegii lui de şcoală, incluzându-l şi pe Juan-Miguel, puţini şi-ar aduce aminte de el, chiar şi aceia care i-au fost colegi de bancă. Cu toate acestea, an de an, Santiago se îndreapta către şcoală şi singura lui dorinţă era să-l întâlnească pe Juan-Miguel, care nici măcar nu ştia că avea un admirator secret. El nici nu ar fi observat această umbră de om ce zâmbea cu mândrie de fiecare dată când cineva striga numele lui Juan-Miguel. Santiago nu îndrăznea să-l salute, dar îşi dorea cu ardoare ca Juan-Miguel să-l observe măcar o singură dată.

La un meci de fotbal cu o echipă dintr-un oraş vecin, Juan-Miguel marcă golul final şi de bucurie spectatorii şi suporterii veniră pe stadion să-l felicite. O femeie îi aruncă naframa sa viu colorată ce o purta pe cap pentru a-şi putea şterge sudoarea de pe frunte. După ce se şterse pe faţă şi pe cap, el aruncă eşarfa spre mulţimea care-l ovaţiona şi-l purta pe braţe într-o euforie totală. Santiago era şi el prezent în mulţimea ce savura acest moment unic, însă ochii lui erau îndreptaţi către pânza plină de transpiraţie ce tocmai fusese aruncată. Cu repeziciune, el se aruncă la picioarele suporterilor încercând s-o găsească. Luând-o, el şi-o apropiă de faţă şi gândi că într-o bună zi i-o va înnapoia lui Juan-Miguel. Însă, toate acestea se petrecuseră în urmă cu trei ani, iar şcoala era doar o amintire. Din acel moment, Santiago păstra eşarfa cu grijă în buzunarul pantalonului său, transferând-o dintr-un pantalon în altul atunci când trebuia să-i spele.

Niciunul dintre colegii lui Santiago nu-şi continuase studiile după terminarea şcolii primare. Acest mic orăşel de o mie trei sute de suflete şi suburbiile învecinate nu ofereau elevilor posibilitatea de a-şi continua studiile. Juan-Miguel şi mulţi băieţi de vârsta lui fie se angajau în fabricile locale sau la firmele de construcţii, fie lucrau la fermele din apropiere. Zilele de muncă erau lungi, dificile şi uneori periculoase, dar ofereau un trai de viaţă decent în zona aceea. Juan-Miguel lucra pentru o firmă de construcţii unde se angajase marea majoritate a bărbaţilor din San Blas.

Santiago era angajat, de şcoala ce părea că-l uitase, ca asistent pentru copiii ce frecventau cursurile. El se mutase din casa bunicilor, într-o baracă micuţă din chirpici de pe deal, pe o alee nu departe de centrul oraşului. Locuinţa se găsea în partea sărăcăcioasă şi zgomotoasă a oraşului, dar era tot ceea ce-şi putea permite cu salariul infim pe care-l obţinea de la şcoală. Baraca nu avea nici apă curentă şi nici electricitate. Nu avea nici măcar o uşa solidă la intrare, dar lui Santiago nu-i păsa; era un loc ce se putea numi „casa lui". În fiecare seară, chiar înainte de apusul soarelui,

Santiago cobora dealul până la fântâna oraşului de unde-şi lua apa necesară pentru a se putea spăla în dimineaţa următoare. El nu ieşea niciodată în timpul nopţii de teama străzilor întunecate şi a pericolelor necunoscute. La lumina lumânării, el citea cu mult entuziasm cărţi împrumutate de la biblioteca şcolii. Când pleoapele i se închideau, stingea lumânarea şi dormea neîntors până în zori.

În serile de vineri, marea majoritate a bărbaţilor din construcţii se adunau la barul oraşului şi beau până noaptea târziu. Când se crăpa de ziuă, foarte zgomotoşi, părăseau barul întorcându-se la nevestele sau familiile lor. Unii dintre ei mergeau la bordelurile locale.

Într-o vineri, înainte de apusul soarelui, Santiago coborî să-şi ia apa pentru dimineaţa următoare, aşa cum făcea în fiecare seară. Mulţi din cei adunaţi la fântână plecară când o bătrână săracă, îmbrăcată în zdrenţe şi fără dinţi se apropiă. *„Amigo, mi-e foame dar n-am cu ce să-mi iau de mâncare. Am nevoie de câţiva bănuţi ca să pot mânca ceva mâine dimineaţă. Poţi să-mi dai ceva?"* i se adresă bătrâna lui Santiago. De mic, el era milos şi mereu îi ajuta pe bătrânii săraci. Chiar dacă el însuşi era sărac, uitându-se în ochii ei blajini, Santiago se căută în buzunar şi-i dădu ceea ce-i mai rămăsese. În timp ce se apropia ca să-i dea mărunţişul, bătrâna îl prinse de mână. Această atitudine agresivă îl făcu pe Santiago să tresară, însă nu o luă la fugă, iar femeia începu să spună o rugăciune. *„Dumnezeu îţi va îndeplini o dorinţă, dar nu va trebui să fi egoist şi pentru ca ea să devină realitate, va trebui să o împărtăşeşti cu cineva"* murmură bătrâna. Atunci când îl eliberă, Santiago plecă uluit şi dezorientat gândindu-se la cât de ciudată şi absurdă fu scena pe care tocmai o trăise. Cu toate acestea, nu regreta faptul că-i dădu ultimii săi bănuţi.

În acea seară de vineri, în timp ce Santiago citea la lumina lumânării, valuri de râsete veneau din tot oraşul. Week-end-ul începuse şi oamenii erau pe peste tot în oraş distrându-se. Pe la trei dimineaţa, zgomotul asurzitor se transformă în ţipete ocazionale, însă Santiago nu le mai sesiză. Era atât de acaparat de lectura sa încât pierduse noţiunea timpului. Curând, ochii lui obosiră şi începu să se pregătească de culcare. În timp ce-şi golea buzunarele, realiză că pânza pe care o păstrase mai mult de trei ani ca un simbol al lui Juan-Miguel dispăruse. *„O Doamne, nu!"* strigă el. Iar apoi îşi aminti că el căută măruntul din buzunar pentru a o ajuta pe bătrâna de lângă fântână şi că probabil eşarfa a căzut.

Agitat şi înspăimântat, se aventură pe străzile întunecate îndreptându-se către fântână. Folosind lumânarea pentru a-şi lumina calea, Santiago căuta de jur împrejurul fântânii până găsi eşarfa murdară la care ţinea atât de mult. Cum se întoarse, observă un bărbat beat, care coborând dealul se împiedicase şi-şi sparse capul de un gard de piatră. Santiago fugi către bărbatul plin de sânge, purtând cu el într-o mână eşarfa murdară şi într-o alta lumânarea pâlpâitoare. Aşeză lumânarea pe gard, iar apoi se reîntoarse în fugă la fântână pentru a spăla eşarfa astfel încât să cureţe rana sângerândă de la capul omului căzut. În taină, îngerul iubirii pierdute îl privi.

În timp ce-l ştergea de sânge faţă, observă că acesta era dragul său Juan-Miguel. Santiago se folosi de toată puterea lui pentru a-l pune pe picioare pe Juan-Miguel care zăcea inconştient. Cu greu, cei doi o porniră agale spre locuinţa lui

Santiago. Acesta îl dezbrăcă cu atenție pe Juan-Miguel și-l așeză apoi pe pat. Santiago îi era aproape și-i vorbea în șoaptă însă Juan-Miguel era prea confuz și corpul tremurând elibera o transpirație rece. Pe întuneric, în timp ce Santiago îi mângâia pielea fierbinte, Juan-Miguel îi răspunse cu câteva gemete și apoi îl trase înspre el. Au făcut dragoste până când au căzut epuizați, iar într-un final au adormit ghemuiți unul în brațele celuilalt.

Juan-Miguel fu trezit de zgomotul vântului ce lovea cu putere perdeaua de la intrarea în camera lui Santiago. Câteva raze de soare îi atinseseră ochii, iar altele iluminau diverse unghere ale camerei. Ridicându-se, descoperi urme de spermă uscată lângă un necunoscut. Hainele îi erau împrăștiate peste tot, iar capul îl durea de mahmureală. Îngrozit de ceea ce făcuse, i se făcu rău de la stomac. Își adună hainele și se îmbrăcă în grabă. Înainte de a pleca, se apleca încet să vadă bărbatul alături de care îşi petrecuse noaptea. Santiago îi păru cunoscut, Juan-Miguel însă era atât de delicat şi de fragil în ochii lui.

Aproape de amiază, Santiago se trezi singur în cameră. Se întrebă dacă evenimentele petrecute noaptea trecută fuseseră aievea sau doar una din multele sale fantezii. Apoi observă pe masă eşarfa plină de sânge. Adevărul era izbitor, însă el era singur. Încă extenuat după escapada din noaptea trecută, luă decizia de a-şi face cumpărăturile de sâmbătă dimineaţă în piaţa centrală şi să-şi continuie ziua pretinzând că nimic nu s-a întâmplat.

În tot acest timp Juan-Miguel se grăbea să ajungă acasă, în zona rezidenţială a oraşului, jurându-şi ca niciodată să nu se mai apropie de acea stradă. Intrând în casă, fu întâmpinat cu bucurie de mama sa care pregătea prânzul. Îl certă pentru noaptea pierdută şi ne ştiind ce să mai spună îşi ridică mâinile spre cer. Întorcându-se spre el îi spuse: *„Am vorbit cu dona Linda. Ştii, fata ei este cea mai frumoasă fată din oraş şi mi-ar aduce pe lume nişte nepoţi fumoşi"*. Apoi îi ordonă *„Du-te şi dă-i în dar acest coş de fructe pe care l-am luat de la piaţă"*.

Juan-Miguel îşi respecta mama, dar de data aceasta el îi ignoră rugăminţile şi o împinse când trecu pe lânga ea în drumul său către baie. Migrena încă persista şi în acelaşi timp vroia să înlăture toată mizeria de pe el, spălându-şi astfel păcatele şi tot ceea ce făcuse în noaptea trecută. Simţea încă rana provocată de căzătură. Meditând la chipul familiar, se gândea la bărbatul pe care-l văzuse în pat, dar încercă să-l uite. Revenind zâmbitor din baie, el luă micul dejun alături de mama şi sora lui. Ele nu-şi puteau imagina ceea ce el simţea şi gândea. La masă nu scoase nici un sunet.

Mama lui Juan-Miguel avea o personalitate puternică, dominatoare. Chiar dacă era micuţă de statură, avea o influenţă copleşitoare asupra copiilor ei. În această zi, ea dorea ca Juan-Miguel să se ducă şi s-o viziteze pe fata donei Linda, Isabella. Să le ofere coşul cu fructe, să le repare ceea ce era stricat prin casă şi să petreacă ceva timp cu ele. Detesta rugămintea mamei, însă ca să scape de cicălelile ei, fără nici o tragere de inimă, îi îndeplini dorinţa.

Soţul donei Linda îşi pierduse viaţa într-un accident de muncă. El muncise în acelaşi domeniu ca şi Juan-Miguel, pe un şantier de construcţii. Era dificil să-ţi creşti copilul când eşti văduvă, iar lui Juan-Miguel îi era milă de ea. Ei erau la fel de săraci ca mai toţi localnicii, însă ea avea cea mai frumoasă fată din oraş, Isabella. Ambele mame au decis că această relaţie ar fi de bun augur deoarece ambii erau cei mai frumoşi tineri din oraş şi ei ar trebui să fie împreună. Copiii însă aveau fiecare motivele lor pentru a nu accepta această căsătorie aranjată.

Juan-Miguel se prezentă respectuos la poarta donei Linda. Ea păru surprinsă, dar ştia că totul era aranjat, până şi prânzul era deja pregătit. Luă coşul cu fructe pe care-l aduse Juan-Miguel şi îi prezentă o listă întreagă de sarcini cu ceea ce trebuia reparat prin casă. Isabella era în dormitor când Juan-Miguel ajunse la ele acasă, însă ea considera că ar trebui să-l întâmpine puţin mai târziu.

Dona Linda se înfurie văzând că Isabella nu era prezentă pentru a-l întampina pe Juan-Miguel. *„Am uitat să cumpăr nişte carne de la măcelar,* *voi pleca de îndată."* spuse ea pe un ton apăsat. Ambii copii știau că este o minciună pentru că ei erau atât de săraci încât nu-și puteau permite să cumpere carne proaspătă. Un zâmbet forțat apăru pe fața lui Juan-Miguel, însă în spatele ușii, Isabela era mai degrabă tristă.

Isabella ieși din cameră numai după ce o auzi pe mama ei trântind ușa de la intrare. Juan-Miguel o salută respectuos, dar fiind în compania celuilalt nici unul dintre ei nu se simțea în largul său. În timp ce Juan-Miguel începu să repare prin casă, Isabella îl urma dintr-o cameră în alta de parcă ar fi vrut să rupă tăcerea. *„Vreau să-ți mărturisesc ceva"* îi spuse ea într-un final întorcându-și capul astfel încât el să nu-i vadă lacrimile. Surprins, Juan-Miguel se opri din reparat și se apropie de ea. *„Mama mea încă nu este la curent, dar eu am cancer și sunt în fază terminală".* Spunând aceastea, izbucni în lacrimi. El o strânse în brațe și îi dădu curaj Isabellei. Luându-şi inima în dinţi, îi spuse *„Juan-Miguel, am o singură dorinţă."*

În tot acest timp, Juan-Miguel nu reuşea să-l uite pe Santiago. A doua zi, merse cu mama lui la biserica San Rita de Cascia, acolo unde fuseseră botezaţi bunicul lui, tatăl lui şi el. Juan-Miguel împreună cu sora lui stăteau respectuos lângă mama lor. Isabella şi mama ei, dona Linda, stăteau în spatele lor. Juan-Miguel îngenunche pe podeaua din lemn, rugându-se ca această confuzie să dispară. Slujba în religia catolică este una simplă, iar muzica răsuna din corzile chitarelor. Ca în fiecare duminică, după ceremonia de la biserică, cele doua familii se îndreptară către piaţa oraşului ca mamele să cumpere cele necesare pregătirii prânzului duminical. Juan-Miguel o însoţi pe mama sa numai pentru a o ajuta să poarte plasele cu cumpărături. De obicei el s-ar fi întâlnit cu localnicii şi ar fi vorbit despre sport. De data aceasta, însă, cu colţul ochiului încerca să-l observe pe bărbatul cu care dormise cu două nopţi înainte. Se aşeză în spatele mulţimii de oameni, cât să nu fie văzut că-l analizează pe Santiago de la distanţă. Ne ştiind că este observat, Santiago îşi continuă cumpărăturile duminicale, fluierând o melodie şi negociind cu comercianţii pentru a obţine un preţ mai bun.

Noaptea, întins pe pat, Santiago rememoră momentele petrecute împreună cu Juan-Miguel şi se întrebă unde este el oare şi dacă-l va mai vedea vreodată. *„Unde eşti Juan-Miguel? Te mai gândeşti la mine? Eşti şi tu la fel de fericit ca şi mine?"* murmură el în timpul nopţii. Câteva zile trecură şi Santiago reveni la rutina lui zilnică. Dimineaţa mergea la scoală, apoi revenea acasă, iar ocazional el se ducea la biserică şi la piaţă. În fiecare seară îşi continua ritualul de a merge la fântână şi de fiecare dată se uita de jur împrejurul său sperând să-l revadă pe Juan-Miguel, însă acesta nu revenea niciodată.

O dată pe săptămână Santiago pleca să o viziteze pe sora lui ce locuia la două sate depărtare, în El Fuente. Părinţii lor decedaseră când ei erau încă la şcoală, iar apoi bunicii din partea mamei i-au luat în grijă. Erau oameni buni la suflet, modeşti dar săraci şi cu greu reuşeau să-i crească. Santiago împreună cu sora lui, Clara, dormeau împreună pe paleţi de paie aşezaţi pe podeaua casei. Ei auzeau adesea discuţiile bătrânilor bolnavi cu privire la plasarea lor la orfelinat şi ştiau că nu mai puteau rămâne acolo pentru multă vreme. Asta a făcut ca sora lui Santiago să se căsătorească la o vârstă foarte fragedă, cincisprezece ani, înainte de a-şi fi terminat şcoala. Se mărită cu un măcelar grăsun, pe nume Ramon, cu treisprezece ani mai mare ca ea, dar nu-i păsa. El părea a fi un om bun, de casă, şi asta era cel mai important pentru Clara. Ea se asigura ca în fiecare joi a săptămânii, când fratele ei o vizita, să-i poată oferi câteva bucăți de carne proaspătă de vită sau de pui.

Santiago se simțea vinovat pentru că sora lui a trebuit să-l ia de soț pe acest bărbat grăsun mai bătrân ca ea pentru ca ei să nu rămână pe străzi, dați afară din casă. Nu mai erau mici pentru a putea fi acceptați într-un orfelinat. Clara nu-i spunea niciodată cât de fericită era ea în căsnicie și nici cât de mult își dorea să poată crește un copil. Schimbau doar câteva cuvinte, însă tăcerea nu era deloc ciudată, era calmă, reconfortantă. El venea joia la masa de prânz și mânca în liniște. Când terminau de mâncat, ea-i prepara d'ale gurii pentru acasă și-l îmbrățisa la plecare de rămas bun. Erau fericiți cu viața pe care o duceau și nu se plângeau niciodată de nimic.

În noaptea aceea, după ce o vizită pe Clara, fu trezit de către sunetele bizare ce veneau dinspre uşă. Temându-se de atacul unul hoţ, Santiago fu surprins să-l vadă pe Juan-Miguel. El avea în mână câteva plăci de lemn, iar în jurul brâului purta centura cu ustensilele de lucru. Îl salută pe Santiago şi apoi se apucă să construiască uşa ce era destinată să protejeze interiorul casei de lumea exterioară.

Santiago se apucă să-i pregătească ceva de mâncare, însă Juan-Miguel refuză orice fel de hrană. Servi totuşi un pahar cu apă. Santiago îl privea pe dragul său Juan-Miguel în timp ce lucra la uşă. Tăind lemnul cu o precizie extraordinară, muşchii săi bine definiţi erau acoperiţi de o uşoară brumă de transpiraţie. Era atât de încântat Santiago, că avea impresia că visează. Într-un final Juan-Miguel închise uşa dintr-o singură mişcare.

Santiago se îndreptă să-l îmbrățișeze pe Juan-Miguel în semn de mulțumire, însă el îl împinse înapoi. Confuz, Santiago se îndreptă către Juan-Miguel și-i căzu la picioare. Plângând, el îi atinse mâna și-l imploră să rămână. Așezându-se pe pat, Juan-Miguel gândi profund. Instinctul lui puternic îi spunea să plece, dar dorința irațională îl făcea să rămână. Realiză că-l plăcea pe Santiago, astfel se întoarse spre el și-l îmbrățișă.

În orele dimineții, pe când Juan-Miguel se pregătea să plece, Santiago somnoros îl întrebă ceva de necrezut: *„Juan-Miguel, putem să ne închipuim o viață petrecută împreună? Este unica mea dorință."* Ochii lui Santiago făceau ca spusele lui să fie și mai intense.

„Santiago, nu se poate una ca asta" îl întrerupse Juan-Miguel. *„Dorința mea este de a-mi întemeia o familie. Îmi pare rău."*

În timpul serviciului Juan-Miguel se gândea în continuu la Santiago. Sentimentele de vinovăție pe care le nutrea pentru experiența avută cu un alt bărbat făceau ca el să nu mai poată să se concentreze în timp ce muncea. La sfârșitul zilei se simți extenuat fizic și emoțional, ca o epavă în derivă. Ajungând acasă, o rugă pe mama lui s-o invite la cină pe draga ei prietenă dona Linda împreună cu fiica ei, ca să anunțe logodna.

Santiago nu fusese înștiințat de acest mariaj, însă descoperi știrea într-un anunț din ziarul local. Emoțiile lui erau atât de puternice încât ochii i se încețoșară la citirea titlului. *„Juan-Miguel Hermandez se va căsători cu Isabella Echaniz"*. Văzând articolul din ziarul așezat pe stand alături de alte publicații, cumpără un exemplar și se întoarse devastat acasă.

Până în ziua nunții, Santiago adormi plângând în fiecare seară. O căsătorie era un eveniment important pentru orășel, și toți locuitorii se adunau pentru a vedea mirii. Santiago însuși se asunse în mulțimea adunată în biserica San Rita de Cascia.

Îl observă pe Juan-Miguel în timp ce-și exprima jurămintele față de Isabella. Ea era atât de frumoasă încât nimeni nu-și putea lua ochii de la ea. Toate lumea era fericită și întreaga populație a orașului a sărbătorit această uniune bând, mâncând și dansând toată noaptea. Singur, în întunericul camerei sale, Santiago asculta în liniște muzica ce răsuna de pretutindeni. În timp ce se pregătea să adoarmă, ușa lui proaspăt instalată se deschise și Juan-Miguel apăru într-o stare puternică de ebrietate.

În loc să-l îmbrățișeze, Santiago îl lovi cu toată puterea, continuând apoi cu o serie de pumni în pieptul său tonifiat. Juan-Miguel era atât de beat încât încasă toți pumnii, se dezechilibră și căzu împreună cu Santiago pe podeaua camerei. Adormiră îmbrățișați până în zori. În timp ce soarele se ridica deasupra orizontului, Santiago se trezi având o vagă idee despre ceea ce se petrecuse în noaptea trecută.

Din răsputeri încerca să se întoarcă Santiago la rutina lui zilnică, dar Juan-Miguel îi ruinase viața monotonă pe care o trăise înainte. Cu greu el se ridică din pat. Uneori, căuta cu disperare firele de păr ale lui Juan-Miguel căzute în pat. Se ridica din când în când, fie pentru a bea apă, fie pentru a urina pe aleea din fața casei. Zilele se scurgeau și ceara lumânărilor începuse să acopere suprafața mesei. Când nu mai suporta starea în care se afla, o rugă pe sora lui să discute cu soțul ei ca să-l angajeze la măcelărie.

După multe discuţii, cumnatul lui Santiago cedă rugăminţilor Clarei. Ne având copii, ei dispuneau de o cameră liberă pentru fratel ei. Până când un copil se va naşte, el putea locui în această cameră. Santiago împachetă puţinele lucruri pe care le avea şi se mută cu sora şi cumnatul său în El Fuente.

Doi ani trecură de când Santiago părăsise oraşul său natal şi tot ceea ce-l făcuse să sufere. Era noaptea Crăciunului şi împreună cu Clara mergea la ceremonia de la biserică. La întoarcere văzură toate luminile casei aprinse. Panicându-se, Clara se gândi că ceva rău se întâmplase cu soţul ei şi dădu fuga în casă. Atât Clara cât şi Santiago rămăseseră şocaţi şi surprinşi când îl descoperiră pe Juan-Miguel discutând cu Ramon aşezaţi la masa din bucătărie. Când se apropiară să-l salute pe Juan-Miguel, văzură că ţinea în braţe un copil. După câteva schimburi între ei, Juan-Miguel îi înmână copilul Clarei şi apoi îl luă pe Santiago într-o altă cameră.

„Santiago, am venit să te iau cu mine. Vom merge la mine acasă. Soţia mea a decedat. Ea era atinsă de cancer înainte de a ne căsători şi ştiam că va muri curând. Ultima ei dorinţa, înainte de a muri, era să dea naştere unui copil, unui urmaş. Mi-am îndeplinit misiunea de a deveni tatăl copilului ei, dar acum mi-am recăpătat libertatea. Cumnatul tău, Ramon, şi-a dat acordul de a-l creşte pe acest copil împreună cu sora ta, ca şi cum ar fi copilul lor."

Nimeni nu a scos vreun cuvânt în timp ce Santiago îşi împacheta lucrurile. Lacrimi de bucurie curgeau din ochii surorii sale. Îl îmbrăţişă cu drag şi-i ură să fie fericit. Mergând pe strada prăfuită ţinându-se de mână, Santiago şi Juan-Miguel auziră un freamăt în spatele lor. Întorcându-şi capul zăriră numai cerul albastru lipsit de nori.

Râzând, Juan-Miguel ridică din umeri şi spuse „*Trebuie să fi fost un înger.*"

Santiago se uită spre cer şi şopti „*Îţi mulţumesc.*"

Emisarul regelui - Franţa

În ţinuturile regatului Cobolt trăia un prinţ extrem de răsfăţat. Avea un aspect fizic plăcut, o inteligenţă sclipitoare şi un umor bine dezvoltat. Era un curtezan şi toate persoanele care-l cunoşteau cădeau sub farmecul său. Se spune că ori de câte ori trecea pe lângă vreo oglindă îşi admira frumuseţea.

Prinţul îi cerea deseori lui Clovis, fiul patisierului şef regal, favoruri considerate scandaloase. Clovis îi satisfăcea nesăbuitului prinţ orice capriciu şi din această cauză se lansaseră fel de fel de zvonuri la curtea regelui. În ciuda împotrivirii patisierului regal, prinţul îl chema pe Clovis zi şi noapte.

La curtea regelui se găsea şi un mesager regal numit Bartoner. El era băiatul fermierului local care trăia într-o zonă rurală. Într-o bună zi, el trebui să rămână până seara târziu deoarece dezbaterile oficiale se prelungiseră până după căderea nopții. Era trecut de miezul nopții când el primi raporturile finale cu privire la recolta anuală și la progresul muncilor câmpului. Fiind atât de obosit, el realiză că nu ar putea ajunge acasă la fermă în seara aceea și decise să se ascundă în secret în grajdurile regale pentru a se odihni.

În plină noapte, fu trezit de către zgomotele ce proveneau din staul. Când se întoarse, observă cum Clovis răspundea favorurilor sexuale ale prințului. După plecarea prințului, Bartoner se apropiă de Clovis pentru a-l avertiza.

„Am mai văzut un astfel de comportament" spuse Bartoner, *„Muncitorii de la fermă deseori fac același lucru"*. Clovis înfuriat deoarece fusese spionat de către un om de rând, precum Bartoner fermierul îi răspunse *„Cum îndrăznești să mi-te*

adresezi? Mâine îi voi spune prinţului ce-ai facut şi vei fi biciuit!"

„Mi-e milă de tine Clovis, am venit să te înştiinţez şi să te atenţionez că prinţul se va căsători. Am auzit asta astăzi."

„Prostii!" spuse Clovis în timp ce pleca foarte enervat din grajd.

A doua zi, un mare festin a fost anunţat în cinstea viitoarei nunţi a prinţului. În acelaşi timp Clovis, printr-un decret regal, a fost alungat în bucătărie până după nuntă.

În timpul dineului regal prinţul a solicitat din bucătărie o tartă cu zmeură, dar el a fost informat că nu există zmeure pentru a-i prepara tarta. Prinţul a folosit acest refuz ca un motiv de nesupunere al lui Clovis şi a cerut ca el să fie bătut în public. Din acel moment Clovis a început să-l urască pe prinţ. Frustrat şi umilit, fugi în staul şi începu să plângă.

Bartoner se întorcea de la curtea regală şi-l auzi pe Clovis plângând în grajd. Îl întrebă de ce plângea. Clovis îi explică totul şi recunoscu că ceea ce spuse despre prinţ era adevărat. Bartoner îi spuse lui Clovis să nu-şi facă griji şi să se ducă în oraş să cumpere o tartă cu fructe de pădure făcută de către unul din bucătari mănăstirii. Când Clovis îi prezentă desertul, prinţul îl acuză de furt. Însă, Bartoner care era de faţă, se prezentă prinţului. *„Eu sunt cel care a adus tarta, şi prin urmare, eu va trebui să fiu pedepsit."*

„Foarte bine" spuse prinţul.

Bartoner a fost astfel înfierat ca pungaş şi apoi eliberat din funcţie. Îşi adună lucrurile personale de la ferma unde locuia, însă nu avea unde să se ducă.

Atât de recunoscător a fost Clovis pentru gestul lui Bartoner, încât îl rugă să rămână cu el şi cu tatăl său în bucătărie ca ajutor bucătar. El acceptă de îndată, urmând ca apoi ei să lucreze împreună. Toţi erau fericiţi mai puţin prinţul.

Când o întâlni pe viitoare lui mireasă, prinţul realiză că nu ar putea să o iubească niciodată, deoarece Clovis era adevarata lui dragoste. Câţiva ani mai târziu, după moartea regelui, prinţul îl chemă pe Clovis să locuiască cu el la curte. Însă Clovis, după moartea tatălui său, devenise patisier şef împreună cu iubitul său Bartoner. El refuză cererea noului rege şi preferă să rămână cu Bartoner.

Astfel el îl lăsă pe noul rege nefericit pentru tot restul vieţii.

Dragostea dintre Falleron şi Ibsen - Grecia antică

Falleron era originar dintr-un sat de fermieri din partea centrală a Greciei. Era o zonă rurală cu oameni foarte simplii. Copilul era fericit şi liber. Părul lui lung şi ondulat, care-i dădea un aspect angelic, contrasta cu atitudinea sa masculină. Deşi isteţ, agil şi capricios, el era foarte popular printre copii de vârsta lui. Cu toate acestea era extrem de selectiv cu copii cu care se juca. Prin felul său de a fi singuratic, reuşi să se apropie de băiatul unui vecin, Ibsen. Ibsen era opusul lui Falleron: înalt, puternic, jovial dar şi cam prostuţ. Pentru Ibsen, Falleron era un geniu aşa că-l urma pretutindeni. Ibsen ştia că lui Falleron nu-i plăcea munca la fermă. *„Falleron, fiu leneş cu vise măreţe, va trebui să înveţi să munceşti la fermă cu mine"* spunea deseori tatăl lui Falleron, muştruluindu-l ori de câtre ori era refuzat atunci când îi cerea ajutorul. Cu inteligenţă, Falleron l-a convins pe Ibsen să-l ajute pe tatăl său în schimbul prieteniei sale. Ibsen acceptă invoiala şi toată lumea fu fericită.

Falleron şi Ibsen împărţeau totul împreună. Amândoi urmăreau cum armata imperiului Roman traversa satul în drumul spre teritoriile ce urmau să le cucerească. Se strecurau pe sub corturile armatei şi ascunşi în spatele lăzilor, se minunau de splendoarea ceremoniilor. Petreceau ore întregi pentru că Falleron insista să rămână, fermecat de ceea ce vedea. Probabil că în ziua aceea au stat ceva mai mult decât ar fi trebuit, iar la căderea nopţii au văzut cum alcoolul curgea neîncetat şi orgiile sexuale venerau cultul plăcerii. Ei nu erau atât de naivi cât să nu înţeleagă ceea ce se întampla în faţa lor, însă amploarea şi proporţiile îi impresionau.

„Ce ai de gând să faci?" spuse Ibsen atunci când îl văzu pe Falleron ieşind din umbră şi mergând spre mulţimea care le aţâţa la plăceri senzuale. El se plimbă printre trupurile care se împreunau până când un bărbat solid, chel şi gol îl luă de mână şi-l introdu în petrecerea desfrânată. Isben urmărea îngrozit cum Falleron fu dezbrăcat şi imediat înghiţit de mulţimea care-l înconjura. Aproape de răsăritul soarelui Falleron se întoarse la Ibsen, ce răbdător îl aşteptase până în zori. El nu mai era acelaşi Falleron pe care Ibsen îl cunoscuse. Gustul nobil al plăcerilor îl schimbase radical.

În lunile ce au urmat, Falleron se purtă din ce în ce mai urât cu Ibsen. Folosea şi cuvinte înjositoare la adresa săracului şi loialului prostuţ Ibsen. Mereu făcea glume pe seama bâlbâitului său şi deseori îi adresa întrebări care-l puneau în inferioritate. Ibsen era deseori rănit, dar el rămânea mereu loial. Pentru Ibsen, Falleron era încarnarea frumuseţii şi a inteligenţei, era tot ceea ce el nu era. Chiar dacă Ibsen se dezvolta frumos din punct de vedere fizic, în adolescenţă deveni un tânăr viril. Deseori el era pus în umbră datorită lipsei sale de educaţie. Pentru absolut orice problemă, oricât de simplă ar fi fost, Ibsen îi cerea mereu ajutor lui Falleron. Obosit şi enervat, Falleron începu să ţipe la Ibsen, tratându-l ca pe un idiot.

La vârsta de 16 ani, trupul lui Ibsen s-a transformat miraculos asemenea lui Adonis. Ajunsese cel mai înalt şi cel mai puternic bărbat din sat. Deşi izbitoare, frumuseţea lui Falleron pălea în comparaţie cu cea a lui Ibsen.

Falleron începu să se plictisească de viaţa de la ţară. Dorindu-şi să nu mai fie tratat ca un simplu băiat de fermier, se apucă să înveţe singur pentru a fi acceptat la studii la Roma. Venind dintr-o familie săracă, ştia că va trebui să fie abil ca să găsească bani pentru a putea studia. Oportunitatea îi apăru în cale o dată cu următoarea vizită a nobililor romani. El ştia că dorinţa nobililor romani de a simţi inocenţa tinerilor era imensă şi că se pretau la pedofilie în corturile lor. Însă, de data aceasta intrarea i-a fost obstrucţionată de către un gardian. *„Stai departe tinere ţăran"* spuse fulgerător gardianul atingându-l uşor cu spada. *„Am un mesaj pentru stâpanul tău"* spuse Falleron vizibil iritat de refuzul soldatului. El ştia că trebuia să se facă văzut sau auzit de către cineva din cort pentru a i se acorda permisia de a intra. *„Spune-i că-i pot aduce un bărbat foarte bine dotat şi cu un fizic extraordinar"* ţipă Falleron sperând ca cineva să-l audă. El fu auzit de cine trebuia, dar în spatele său se afla primarul oraşului care realiză oportunitatea pe care o avea în faţa ochilor. *„Falleron, ai venit cu desfătări pentru oaspeţii noştrii?"* spuse primarul. Falleron ştia că primarul era un hoţ lacom, care ar profita de orice ocazie, însă el avea nevoie să intre în cort. *„Da"* răspunse Falleron. *„Ibsen are multe calităţi care cred că vor încânta această adunare".*

„Atunci am să te aştept aici până-l aduci, iar apoi vom merge toţi împreună. Veţi fi invitaţii mei. Dar ţine minte Falleron, faci parte din tabăra mea şi va trebui să mi-te supui". Falleron se întoarse în grabă şi-l găsi pe Ibsen lucrând pământul, muncind ceea ce el ar fi trebuit să facă. *„ Vino! Repede!"* ţipă Falleron. Era deja enervat pe Ibsen, dar nu ştia de ce. Ibsen îl salută cu bucurie şi apoi lăsă baltă totul pentru a-l urma. Când ajunseră la tabăra romanilor, Falleron îl prezentă pe Ibsen primarului. *„Desfătează-ţi ochii cu asta"* spuse Falleron şi smulse veşmântul purtat de Ibsen, dezvăluindu-i astfel falusul ce avea o mărime impresionantă, chiar şi în repaus. Ruşinat şi confuz, Ibsen luă veşmântul pentru a-şi acoperi

goliciunea. *„Excelent exemplar! Bravo Falleron!"* spuse primarul şi apoi îi escortă în cort. Ibsen îşi aminti de incursiunile din copilărie şi refuză să intre. Falleron însă îl luă la bătaie până acesta începu să plângă. *„Vei face ceea ce-ţi voi spune, altfel noi nu vom mai fi prieteni niciodată!"* urlă Falleron. Ibsen îşi şterse faţa de lacrimi şi, ca de obicei, îl urmă.

Când primarul fu anunţat nobililor, Ibsen era în centrul lor. *„Dragii mei nobili şi conducători romani, vă prezint un bărbat atât de dotat încât veţi crede că am transformat un armăsar în om"*. Mirată, mulţimea zgomotoasă îl privi dubitativ. Însă atunci, Falleron îl împinse pe intristatul Ibsen spre primar. *„Delectaţi-vă ochii şi gurile cu asta!"* spuse primarul. Lăsându-l fără replică pe tristul Ibsen, Falleron trase din nou veşmântul dezvăluindu-i astfel comoara. Romanii uluiţi tăbărâră pe el ca să-l atingă. O dorinţă fizică lipsită de sentimente înglobă întreaga mulţime făcând ca excitaţia sexuală să-l aducă pe Ibsen pe punctul de a ejacula. El nu aprecie deloc acest moment şi nu dori să mai participe la o astfel de petrecere.

Falleron intră şi el în joc, însă cu o altă misiune. El dorea să găsească pe cineva care l-ar putea ajuta. În această orgie, el îl întâlni pe bogatul comerciant Laudius. Laudius dori să-l ia cu el la Roma pe iubitul său Falleron. Spunând că va merge la studii, Falleron fu încredinţat comerciantului şi plecară la Roma.

Ibsen nu ştia absolut nimic cu privire la această înţelegere. Văzându-l în căruţă părăsind satul, Ibsen plânse şi alergă dupa el strigând *„Falleron! Falleron! Unde te duci?"* Falleron se uită în spate şi răspunse *„Departe, pentru totdeauna!"* Ibsen fugi şi reuşi să se ataşeze de căruţă, însă fu împins de către Falleron. *„Ascultă-mă Ibsen, nu încerca*

să cauţi să mă găseşti. Pentru o dată în viaţa asta,
trăieşte aşa cum îţi place!"

Dacă Falleron credea că viaţa lui va fi fericită şi
împlinită la Roma alături de noul său iubit
Laudius, el se înşela amarnic. Laudius era
căsătorit cu o femeie foarte rea şi duşmănoasă, iar
asta făcea ca el să fie foarte des plecat. Vila unde
trăia era mult mai mică decât îşi imaginase
Falleron, dar problema cea mai arzătoare era soţia
lui Laudius care dirija întreaga casă. Falleron a
fost izgonit în partea destinată sclavilor, mult mai
sărăcăcioasă decât propria casă.

Falleron se descurca cum putea, cu ceea ce avea şi
se axa pe studiile sale. Curând deveni foarte
cunoscut atât în sălile de studiu cât şi la cursuri.
Inteligenţa şi talentul său făceau ca mulţi
cercetători, scriitori şi filozofi să vorbească despre
el. Deseori era invitat la petreceri şi întâlniri

oficiale, iar de fiecare dată el se prezenta cu Laudius. Ştia că nu trebuia să muşte mâna care l-a hrănit. Avantajul cheie pe care Falleron îl avea era soţia lui Laudius. Conştientă de aspectul său fizic şi de lacunele din comportamentul ei, ea nu părăsea niciodată vila, lăsându-i libertatea lui Laudius de a-l lua cu el pe Falleron. Falleron şi Laudius făceau parte din elita Romei. Falleron se aventura în discuţii literare cu Marţial şi Ovidiu, spre amuzamentul mulţimii.

Viaţa lui Falleron deveni una de vis, puteam spune că dragostea şi admiraţia înflorea între Laudius şi Falleron. Câţiva ani mai târziu, soţia lui Laudius a decedat, de ceea ce în zilele noaste am numi saturnism, dar în zilele acelea cauza era necunoscută. Zvonurile spuneau că Falleron ar fi ucis-o, însă el glumea spunând că un extract anume putea cauza moartea soţiilor dificile.

Falleron se instală rapid în vila principală şi începu să organizeze petreceri spectaculoase. Şi totul a funcţionat perfect cel puţin un deceniu. Falleron nu era niciodată văzut fără Laudius. În ciuda aspectului fizic, Falleron îl aprecia pe Laudius pentru libertatea şi modul de viaţă care i-l oferise. Lui Laudius i-a fost oferită distincţia de comerciant principal.

La moartea subită a lui Laudius totul s-a schimbat. Falleron ţinu după Laudius un doliu atât de profund şi de dureros cum nimeni nu mai văzuse până atunci. La înmormântarea lui Laudius alături de soţia sa în valea nobililor, jalea şi plânsul lui Falleron se auzi ca prin ecou din camera mortuară în întreg oraşul. Când lumea plecă şi ceremonia luă sfârşit, Falleron rămase de unul singur la picioarele mormântului. Servitorii de acasă îi aduseră mâncare, însă el refuză să mănânce. Refuză să se spele, şi căzu într-un delir de câteva zile. În partea de sus a văii nobililor, soldații romani pregăteau ștreangul pentru a spânzura mai mulți creștini. Ei auzeau bocetul din vale, însă nu se opriră din ceea ce făceau în acel moment. Creștinii erau spânzurați fără nici o ceremonie, iar soldații aveau ca ordin să lase cadavrele să atârne și să putrezească. Romanii știau că victimele ar putea deveni martiri pentru adopții creștinismului și prin urmare deciseră să interzică orice înmormântare a trupurilor. Soldații trebuiau să păzească corpurile spânzuraților zi și noapte, astfel încât nimeni să nu le fure și să le îngroape.

Soldații lucrau prin rotație, și într-una din seri, unul dintre ei auzi sunetele ce veneau din vale. La început, soldatul ignoră plânsetele, dar vocea i se păru familiară. Uitându-se din când în când la trupurile spânzuraților, el sări gardul și coborî în valea nobililor găsind aproape pe moarte un tânăr care cu greu mai conștientiza ceea ce se întampla.

Curăţându-l cu o cârpă şi cu salivă, îşi dădu seama că era vorba de Falleron. Paznicul era Ibsen. Se uita la Falleron cu ochii plini de bucurie în timp ce-i turna vin din sacul său. De-a lungul nopţii Ibsen îi povesti întâmplări din copilaria lor. Când Falleron îi ceru ceva de mâncare, Ibsen ascultator, ca de fiecare dată, se întoarse la postul de pază şi-i aduse câte ceva.

Reîntorcându-se, îl văzu pe Falleron jelind încă o dată la picioarele fostului său iubit. Ibsen îi dădu de mâncare şi-l îngriji până în zori. Legătura lor deveni acum mult mai puternică decât în copilărie căci se baza pe respect mutual şi pe înţelegere. Ibsen îşi petrecu toată viaţa în armată, dar nu reuşise să ajungă departe. Era destul de simplu în gândire, dar era fericit aşa cum era.

Fără ca Ibsen să-şi dea seama, câţiva creştini au încercat să coboare trupurile spânzurate. Falleron însă le observă umbrele în razele soarelui şi strigă la ei. Ibsen fugi să-i oprească dar era prea târziu. Unul din cele trei corpuri fusese furat; creştinii reuşiseră să taie coarda. Ibsen căzu ca un copil la pământ şi începu să plângă, doarece ştia că va fi ucis când căpitanul va afla că el nu-şi dusese misiunea la bun sfârşit. Spre mirarea sa, el simţi mâna lui Falleron. Ibsen îi explică lui Falleron ceea ce se întâmplase şi mai ales că el va fi cu siguranţă ucis pentru nesupunere. Pe când îi explica prietenului, se ghemui şi continuă să plângă. Falleron se aşeză alături de Ibsen şi gândi un minut. Ibsen îl strigă pe nume pe Falleron. *„Ce s-a întâmplat?"* răspunse perturbat şi enervat Falleron. *„Toată viaţa am făcut întocmai cum mi-ai spus, ţi-am fost supus, însă ultima mea dorinţă este ca pentru o singură dată să mi-te supui"* îi spuse Ibsen. Apoi el îl rugă să-l sărute. Rugămintea era atât de copilărească şi complet deplasată, încât Falleron realiză că dragostea pe care Ibsen i-o purta era pură şi neschimbată după toţi aceşti ani. Însă Falleron refuză. El avea o idee, însă ştia că Ibsen nu era atât de abil încât să se gândească la ea. Coborâră dealul înapoi la mormantul lui Laudius. Împreună, înlăturară piatra grea ce acoperea uşa mormântului, dezvăluind corpul în putrefacţie al lui Laudius. Târâră corpul până pe deal şi-l agăţară în locul de unde dispăruse trupul creştinului.

Soldatul care l-a înlocuit nu ştia nimic din tot ceea ce se întâmplase şi-l eliberă pe Ibsen la sfârşitul gărzii. Ibsen îl urmă pe Falleron înapoi la vila sa. El fu uimit de măreţia vilei. La intrare Falleron se întoarse către Ibsen şi-i spuse *„Acum, Ibsen, aceasta este casa ta, iar eu îţi voi da ascultare la fel cum tu mi te-ai supus mie la început"*. Falleron făcu cum i se spuse să facă şi-l sărută pe buze pe Ibsen. *„Roma ne oferă numai amintiri neplăcute,* *vreau să ne întoarcem în Grecia"* spuse Ibsen. Amândoi s-au întros în Grecia şi au trăit fericiţi împreună până la adânci bătrâneţi.

Aureola aurită a lui Halo - Regatul Israel

Niac, un fermier ce avea în grijă culturile şi animale, era a unsprezecea generaţie din seminţia lui Avraam. Doi copii de parte bărbăteasca i s-au născut lui Niac, Halo şi Marr. Ajunşi la vârsta maturităţii, cei doi băieţi au primit din partea lui Niac câte o jumătate din moşie, iar de atunci au avut grijă de animale sau au cultivat pământul. Lui Halo i-a fost dată munca pământului, iar lui Marr i-a fost atribuit îngrijitul animalelor. Familia o ducea bine doarece ambii fraţi prosperau în muncile lor.

Ambii fii se străduiau din ce în ce mai mult în munca lor, luptându-se pentru a câştiga recunoştinţa tatălui lor. Într-o noapte, cei doi băieţi au avut fiecare câte o viziune. Halo văzu în vis o mare sărbătoare după recolta de toamnă, prilej cu care Niac îl lăuda în faţa celor prezenţi pentru rezultatele sale extraordinare obţinute din culturi. Viziunea lui Marr se petrecea la aceeaşi sărbătoare, însă Niac îl lăuda pe Marr şi nu pe Halo, deoarece Marr adusese patru sute de viţei graşi, de două ori mai mulţi miei şi multe alte animale pe lângă. Astfel fraţii concurau între ei pentru a ocupa primul loc şi a primi laudele cele mai înalte. Cu toate acestea, Niac nu-i felicită şi fraţii au continuat să se întreacă.

După ceva timp, Marr simţi că îngrijitul animalelor era mult mai ostenitor decât sarcina lui Halo de a cultiva terenurile şi refuză cadoul tatălui său devenind din ce în ce mai invidios pe Halo. Sperând că îi va atrage atenţia şi favorurile lui Niac, Marr începu să o curteze pe frumoasa Aliesha. Însă Niac nu era impresionat de ceea ce Marr făcea. Plin de mânie, Marr o forţă pe Aliesha să presteze muncile lui şi să se ocupe de animalele de la ferma. Căsătoria lor se construia pe dispreţ şi nu pe dragoste.

Ştiind că o fată atât de frumoasă era subjugată în aşa fel, lui Halo îi se făcu milă de ea şi deseori, în timpul perioadelor când ea era cu animalele la păşunat pe câmpurile aride şi fierbinţi, îi aducea fructe şi apă. *„Halo eşti atât de bun şi de amabil. Am fost o proastă, ar fi trebuit să te iau pe tine de soţ şi nu pe fratele tău. Ştiu că într-o zi te vei îndrăgosti şi persoana care-ţi va fi alături va fi cea mai fericită de pe lume"* spuse întristată Aliesha.

Văzând cum Halo o consola pe Aliesha, Marr deveni şi mai furios. Pentru a se răzbuna pe Hallo, Marr aşteptă ca cei doi să părăsească terenurile unde se aflau şi apoi el înjugă boii. Lovind fără milă animalele, le conduse înspre câmpurile agricole ale lui Halo unde-şi eliberă toată mânia, distrugând şi călcând în picioare toate culturile. Astfel toată recolta lui Halo fu nimicită cu opt zile înainte de festivitatea de la începutul toamnei.

În ajunul sărbătorii, Marr se prezentă în faţa lui Niac cu o mie de miei proaspăt sacrificaţi şi cinci sute de viţei graşi. Era mult mai frumos decât ceea ce visase el şi era sigur că tatăl său îl va felicita. Halo se prezentă în faţa tatălui său doar cu patru baniţe de grâu şi doi saci de cartofi. Nimic altceva nu putea să-i prezinte la această festivitate. Nedumerit, tatăl său îl întrebă pe Halo *„Fiul meu, cum de ai o recoltă atât de săracă?"*

„Tată, îmi pare rău" răspunse Halo. *„Deşi lovite de secetă, terenurile mele au fost rodnice şi au adus din belşug cereale, fructe şi legume, numai că în urmă cu două săptămâni, în zori am observat că pământurile mele fuseseră distruse de*

copitele animalelor". Auzind acestea, Marr interveni încercând să scape de acuzaţia fratelui său. El de îndată îi spuse tatălui său *„ Tată, Halo ar fi trebuit să-şi îngrădească terenurile pentru a le păzi, aşa cum am făcut eu cu animalele mele. Numai un om lipsit de raţiune nu-şi protejează bunurile de străini"*. Niac fu de acord cu ceea ce spuse Marr şi apoi plecă fără să-l mai întrebe altceva, lăsându-l pe Halo trist şi îndurerat. Apoi Niac anunţă că îl va glorifica pe Marr pentru animalele primite în dat. Văzând acestea, Halo fugi înspre terenurile sale distruse unde plânse amar.

Văzând suferinţa lui Halo, Dumnezeu se arătă într-o apă curgătoare şi i se adresă frumoasei şi inocentei Aliesha. Stând pe albia apei, în timp ce-şi spăla părul, îşi văzu propria reflecţie luminându-se în apă şi o voce ce-i vorbea, rugându-o să-l caute pe săracul Halo şi să-i consoleze suferinţa. Deşi ea-şi dorea foarte mult să-l ajute pe Halo, îi era teamă să nu fie descoperită de către soţul ei, făcând astfel mai mult rău pentru amândoi. Astfel ea îi ceru reflecţiei ca cineva din tărâmul binecuvântat să fie ales pentru a-l vizita pe Halo, deoarece ştia că suferinţa lui era atât de mare încât numai muzica raiului ar putea să-i aline sufletul întristat. De îndată ea observă în reflecţia apei un înger ce purta o imensă harpă aurie. Ridicându-şi ochii ea văzu un harpist cu aripi translucide ce cobora înspre ea. Ştiind că era nu putea să meargă la Halo, deşi ei aveau o legătură puternică, Aliesha îl unse pe înger cu parfumul său şi-i oferi câteva din hainele ei.

Harpistul fusese trimis de către Dumnezeu să aline durerea lui Halo. Uns cu mirul dat de către Aliesha, îngerul se apropie de Halo şi începu să cânte la harpă o muzică pe care el nu o mai auzise niciodată şi care-l făcu să uite de îndată de toate problemele pe care le avea. Vocea îngerului acoperea sunetele scoase de către harpă, unplându-i inima lui Halo cu bucurie. Astfel, Halo se îndragosti pe loc de muzicianul ce cânta la harpă. Aliesha îi văzu de la distanţă şi sesiză cum grijile dispăreau de pe faţa lui Halo. Euforia ce o afişa Halo o reconforta pe Aliesha şi o bucura să vadă că mesagerul lui Dumnezeu şi darul ei sunt atât de bine primite.

În tot acest timp, Marr, care se afla la sărbătoare, auzea vocea plină de bucurie a lui Halo în timp ce i se adresa îngerului şi câteva note din sunetele harpei. Venind în grabă pe pământurile lui Halo, el îi văzu pe cei doi dar auzi doar vocea fratelui său nu şi a harpistului. Marr veni foarte aproape de harpist în speranţa de a auzi măcar o şoaptă, însa el nu percepea nici un sunet. Urechile păcătoşilor nu pot auzi vorbele de duh ale emisarilor lui Dumnezeu deoarece păcătoşii sunt asurziţi de păcate. La fel cum un râu este blocat de către o alunecare de teren, în acelaşi fel păcatul blochează muzica să ajungă la urechile păcătoşilor.

Cu toate aceasta Marr era dornic să primească binecuvântarea acestui frumos harpist, deoarece credea că el ar trebui să fie lăudat pentru rezultatele sale extraordinare. El se apropie şi se prezentă harpistului crezând că astfel îl va face să se întoarcă către el pentru a-l slăvi. Însă îngerul nu scoase nici un sunet şi se opri din ciupitul corzilor harpei. Marr îi ceru din nou harpistului să-i aducă laude, descriindu-i realizările, bunătaţile şi abundenţa sa, însă nu avu nici un rezultat. Simţindu-se învins şi înfuriat pe acest harpist, Marr jură în faţa lui Dumnezeu, a soţiei sale Aleisha şi întregii omeniri că dacă nici un cântec şi nici o muzică nu se va auzi la petrecerea tatălui său, el îl va ucide pe cântăreţul de la harpă.

Marr începu să-l împingă pe harpist către petrecere astfel încât el să cânte cântece de laudă în cinstea sa. Disperat, Halo strigă către Dumnezeu şi rugă cerurile să-l salveze pe harpist. Auzind strigătele lui Halo, Dumnezeu îi trimise pe unul din slujitorii săi cereşti să vorbească cu el. Dumnezeu vorbi cu Halo şi-i spuse să culeagă florile plantelor pe care le cultiva şi să facă o cunună de flori. Această coroană, odată terminată, să fie aşezată de jur împrejurul lor, iar înainte de culcare Halo să-l sărute pe harpist. Înconjuraţi de cununa de flori şi prin sărutul pe care Halo trebuia să-l ofere îngerului, Dumnezeu ar izola uniunea lor şi le-ar asigura protecţia veşnică.

Primind aceste instrucţiuni, Halo plecă de îndată să culeagă florile. El străbătu în lung şi-n lat câmpurile distruse pentru a putea culege suficiente flori. Dupa multe ore de cutreierat el strânse florile pentru împletiriea cununii care ar uni legătura dintre el şi harpist. Se întoarse apoi la sărbătoarea tatălui său care se apropia de sfârşit. Luându-l de mână pe harpist, Halo îl conduse într-o poieniţă nu departe de câmpurile sale, la câţiva paşi de locul unde avea loc petrecerea. Împreună cu harpisul se încununară cu coroana de flori şi se aşezară unul lângă celălalt. Extenuat fiind după cutreieratul câmpurile sale în căutarea florilor, Halo adormi imediat, uitând ultima poruncă a lui Dumnezeu, să-l sărute pe harpist înainte de culcare.

În tot acest timp, mânia lui Marr continuă să crească. Deşi tatăl său l-a felicitat întreaga seară, harpistul nu rostise nici un cuvânt de laudă la adresa lui. Uitându-se de jur împrejurul său, Marr observă că atât harpistul cât şi fratele său nu mai erau prezenţi. Marr părăsi festivităţile şi plecă în căutarea lor. Bănuia că fratele său, invidios fiind pe victoria lui, l-ar fi luat pe harpist de la petrecere pentru a-l împiedica să cânte lauda acestuia.

Aliesha, bănuind că acesta ar putea să-i facă vreun rău fratelui său, îl urmari în secret. În scurtă vreme, Marr ajunse în poieniţă unde îi găsi pe Halo şi pe harpist îmbrăţişaţi şi înconjuraţi de un superb aranjament floral. Plin de furie, scoase sabia din teacă şi-i ucise pe amândoi. Într-o izbucnire finală de mânie, el începu să lovească trupurile neînsufleţite până când le împinse de sub cercul auriu creat de coroana de flori.

Aleisha era ascunsă în spatele unui copac, de unde putea observa ceea ce se întâmpla. Înainte să reacţioneze, ea îl văzu pe soţul ei cum îi ucise pe cei doi dintr-o lovitură de sabie şi cum părăsi imediat poiana după comiterea fratricidului. Aleisha coborî, luă cu grijă fiecare trup în parte şi-l aşeză în cercul auriu creat de coroana de flori, simbolul dragostei lor. Văzând această nenorocire şi fiindu-i mila de Halo, Dumnezeu ridică ambele trupuri, acordând astfel perechii îndrăgostite ascensiunea sfântă în împărăţia cerurilor.

După ascensiunea lui Halo, pământurile sale au devenit sterpe. Ne având ce mânca, animalele lui Maar au început să moară de foame. Văzând ceea ce întâmplase cu moşia sa, Niac o întrebă pe soţia lui Marr „Unde este Halo?" însă Aliesha nu scoase nici un cuvânt. Uitându-se către ceruri îl întrebă pe Dumnezeu de ce pământurile sale au suferit astfel. Dumnezeu îi răspunse prin vocea binecuvântatului său înger Halo. „Tată, nu căuta pe altcineva înafară de fiul tau" spuse vocea lui Halo. Niac văzând că mult prea iubitul său fiu nu mai este printre cei vii, îl căută pe cel de-al doilea fiu, pe Marr. Confrontându-l pe Marr cu privire la dispariţia fiului său Halo, Niac îi ceru lui Dumnezeu să fie martor la acest interogatoriu.

Răspunzând chemării, Halo coborî din ceruri şi astfel Marr confesă tot ce făcuse. Aleisha, fiind în apropiere, îl ruga pe Niac să o ierte pentru ca nu l-a ajutat pe Halo şi pentru tăcerea ei cu privire la moartea acestuia. Atât Marr cât şi Aleisha au fost izgoniţi de pe moşia lui Niac, şi trimişi în sălbăticie să muncească pe pământuri sterpe. În urma acestui exil, animalele lui Marr s-au confruntat cu secetă, boli şi foamete suferind astfel pentru ceea ce a făcut el culturilor lui Halo.

Deoarece Halo uită de ultima poruncă, să-şi sărute iubitul înainte să adoarmă, Dumnezeu se asigură ca nici un fel de uniune între doi bărbaţi să existe pe pământ. Acest tip de dragoste a fost astfel rezervată numai în împărăţia cerurilor.

Cuprins

Prefață............................ 5

Călătoria și pietrele prețioase - Arabia Saudită... 9

Și Cupidon a iubit - Imperiul Roman............... 18

Din dragoste pentru Haakon - Suedia............... 24

Glasul din deșert - Egipt........................ 29

Cântecul și veșmântul întinat - Coasta de Fildeș 41

Cele cinci reverențe ale ucenicului lui Shackespeare -
Marea Britanie.............................. 51

Trei dorințe - Mexic............................ 69

Emisarul regelui - Franța....................... 98

Dragostea dintre Falleron și Ibsen - Grecia
antică...................................... 103

Aureola aurită a lui Halo - Regatul Israel........ 119

Robert Joseph Greene este un autor canadian de literatură de dragoste gay, foarte cunoscut pentru The Gay Icon Classics of the World (Portrete clasice ale literaturii universale gay). Această carte este o colecție de povești de dragoste gay din peste 10 țări diferite. Fiecare poveste reprezintă o cultură și un popor. Cartea a fost listată și recomandată de către PFLAG Canada în secțiunea numită „Cărți ce merită să fie citite".

Una dintre aceste povestiri este „Aureola aurită a lui Halo", o tragică poveste de dragoste din Iudeea antică.

Din aceeași colecție[4]

The Gay Icon Contemporary Short Stories

Crossover: Straight Men – Gay Encounters

The Gay Icon Classics of the World II

This High School Has Closets

Would You Mind?

The Forbidden Scroll

---

[4] Doar in limba engleză